시선으로 사람을 죽일 수 있다면

시선으로 사람을
죽일 수 있다면

김무명들이 남긴
생의 흔적

이정식

글항아리

분노가 이야기가 될 수 있다면

나영정 퀴어 페미니스트, 인권활동가

《NOTHING》(2017), 《김무명 FACELESS》(2018), 그리고 《이정식》(2020). 그동안 이정식의 작품과 전시를 따라가며 보았다. 에이즈 치료제 스트리빌드를 복용하면서 시간을 기록하고, 약제를 녹여 그림으로 그렸던 《NOTH-ING》, 에이즈 말기 환자들이 요양하던 수동연세요양병원에서 발생한 인권 침해와 사망 사건을 알리는 데 쓰였던 '김무명'을 모티브로 한 《김무명 FACELESS》, 그리고 본인의 경험과 작품세계를 재해석했던 전시 《이정식》. 무언가 점점 더 선명해지는 듯한 이 흐름을 따라오면서 나는 이정식을 구도자에서 이야기꾼으로 생각하게 되었다. 그 생각은 이 책 『시선으로 사람을 죽일 수 있다면』을 통해서 절

반은 깨져나갔고, 절반은 단단해졌다.

치료제 복용 시간을 적고, 적지 못한 날 비워졌던 그 칸에는, 치료제를 녹여서 그린 그 그림 안에는 사실 분노가 가득 차 있다는 것을 알게 되었다. 그 안에는 명상하듯 반복을 수행하는 사람이 아니라 도저히 받아들일 수 없는 벽을 넘거나 부수기 위해서 사람들에게 돌진하는 그가 있었다. 친구 '하나'의 죽음으로 촉발된 그 분노는 가정폭력과 탈가정, 빈곤, 동성애 혐오, 그리고 HIV 낙인을 경험했던 자신의 시간들을 불러내고, 가출청소년 쉼터, 교도소, 게이사우나와 트랜스여성의 성노동 현장을 구석구석 비춘다.

이정식은 김무명들이 세상에서 쉽게 치워지거나 지워질 수 없는 존재임을 누군가에게 전할 수 있다면 어떤 변화가 생겨날까 기대하며 분노를 이야기로 만들었다. 그것은 이정식과 이은주의 대화나 편지로, 김무명들의 증언으로 특정한 관계 안에서 발화되고 있다. '나긋나긋한 그의 목소리'는 '어둡고 축축한 그곳'을 말할 때도 최선의 설명을 해낸다. 그러나 결국 이렇게 쓴다. "사람을 혼자 남겨지도록 하는 병. 사람과의 만남을 잊도록 만들게 하는 병. HIV는 외로움의 질병인 것 같아요." 그리고 또 이렇게 썼다. "시선으로 사람을 죽일 수 있다면 거울 속 내 모습을 가만히 들여다보는 것도 좋겠다고."

거울은 자존감을 지키며 살아가기 어려운 이에게 가해의 도구가 된다. 한편 거울은 군부 독재와 싸우던 시민들이 전투경찰을 향해 햇빛을 반사시키는 저항의 도구였고, 1980년 광주에서 폭도로 몰린 시민들이 국군병원에서 강제 치료를 당할 때 묵묵히 곁을 지킨 목격자였다.* 2016년 강남역 여성혐오 살해 사건에 항의하며 '당신도 여성혐오 피해자가 될 수 있다'는 메시지의 거울시위가 벌어지기도 했다. 거울에 비친 분노가 자신을 향함으로써 스스로를 해하지 않고, 거울 속의 외로움이 스스로를 잠식하지 않기 위해서는 어떻게 해야 할까.

주변화된 위치에서 착취와 차별에 저항하는 퀴어 페미니즘을 고민하고 실천하는 사람으로서, 이정식의 분노와 관계 맺는 이야기는 내게 큰 동질감과 연대감을 불러일으켰다. 너무 많은 사람이 어린 시절 가정폭력을 경험하지만, 이 사회는 피해자가 퀴어이거나 누군가와 섹스를 했거나 학업 성적이 나쁘거나 장애가 있거나 빈곤하면 쉽게 보호를 철회한다. 시설에 보내거나 시설에서조차 거부해서 보이지 않는 존재로 만들고 세상과의 관계를 단절시킨다. 너

---

* 장민승, 「둥글고 둥글게」(2021), 마이크 넬슨, 「거울의 울림」(2018) 참조.

무 많은 사람이 질병에 걸리고, 사고를 당하고 장애를 갖게 되지만 HIV 감염인은 치료와 입원을 거부당한다. 트랜스젠더의 생계와 생존을 걱정해본 적 없는 사회는 성노동을 하는 이들이 어떻게 안전을 위협당하는지, 목숨을 잃는지 알 턱이 없고 오히려 가해자를 동정하기까지 한다.

왜 치료받아야 하는가? 왜 일해야 하는가? 왜 살아야 하는가?와 같은 큰 질문 앞에 서는 것은 누구에게나 버겁다. 하지만 나는 언젠가부터 이런 질문을 간단히 패스할 수 있는 사람들은 믿지 않게 되었다. 내가 건강을 유지하는 게 어떤 의미가 있는지, 정당하게 때로는 기쁘게 일하는 것이 어떻게 가능한지, 그 대답을 원천적으로 부정당해보지 않은 사람은 모른다. 그 질문을 나에게 던지는 사람과 나의 대답을 진심으로 기다리는 사람이 있을 때에만 그것이 가능하다는 것을.

관계 맺는 이야기를 짓는 이야기꾼 이정식은 무엇이든 정확하고 자세한 언어로 설명해주면서, 듣는 이의 대답을 누구보다 더 강렬하게 기다린다. 이 책에 담긴 이야기들이 널리 퍼져나가 새로운 관계를 맺는 매개가 되길 바란다. 혐오의 언어가 구체화되고, 그것이 착취를 위해 사용되지 않게 하는 데 우리가 할 수 있는 일 중 하나는 들어보지 않은

이야기, 상상해보지 못한 삶에 가까이 다가가 연루되는 것
이라고 믿는다.

시선으로 사람을 살릴 수는 없지만
: 고통과 외로움의 연대로서 글쓰기

남웅 미술·시각문화 평론가, 퀴어활동가

1

20년이 조금 되지 않는 시간을 통과하는 동안 이정식은 다른 모습들로 생애의 자장에 출현했다. 그를 처음 만난 2003년부터 지금까지 그는 (지금의 언어로 설명하면) 위기 청소년 성소수자였고 병역 거부자였으며 한동안은 장애인 활동보조를 함께 했던 동료 노동자이기도 했다. 글을 쓰고 영화를 만들며 제 작품에서 주연배우로 몸을 사리지 않던 그는 이제 나와 작가와 평론가 관계의 끈을 이어오고 있다.

이정식은 요청한 적 없는 습작을 보여주고 물어본 적 없는 작업 기획을 끊임없이 이야기한다. 평가는 곱게 나가지 않지만 그는 조용히 귀담아듣고 개의치 않는다는 듯 다른 이야기로 넘어가면서도 재차 평가의 색채와 온도를 확인한다. 그에 대해 갖는 숱한 인상 중 하나를 꼽으라면 무얼

하든 서툴러 보임에도 매사 낙천적인 성정 한편에 계속해서 타인의 반응을 살핀다는 점이다.

그러면서도 그는 제 갈 길을 만들어냈다. 말하기를 좋아하는 만큼 자신의 경험을 자원 삼아 예술적 형식으로 만들어내는 감각은 기실 매체를 가리지 않고 꾸준히 훈련해온 결과일 것이다. 2013년 감염 사실을 사회에 공표하겠다는 결정을 했을 때, 주변 지인들은 크고 작은 걱정들을 얹었다. 너를 지지하는 사람이 많으면 좋겠지만, 네가 예상하지 못하는 상황들도 감당해야 할 텐데. 하지만 그는 도래하지 않을 '완전한 타이밍' 같은 건 애당초 선택지에 놓지 않은 듯 보였고 차라리 불완전한 모습을 보란 듯이 드러냈다. 그에게는 이전보다 많은 동료가 생겼고 제 길을 설렁설렁 꼬장꼬장하게 만들어갔다.

이정식은 다른 이들과 함께하는 자리면 그가 탈가정한 당시 나에게 종로3가 포장마차에서 3000원어치 닭똥집을 얻어먹고 양말 한 켤레를 선물 받은 일을 단골 안주처럼 꺼낸다. 병역거부를 선언하고 교도소에 들어가기 직전 그는 술에 잔뜩 취해 휴대전화 너머로 회한의 통곡을 토해내더니 이튿날 아무 일 없다는 듯 덤덤하게 다녀오겠다는 인사를 남겼더랬다. 옥중에서 꾸준히 보낸 편지에서 그가 무언가를 읽고 쓰기를 멈추지 않는다고 하기에 '투사가 다 되었구나'라며 놀리고, 너도 참 여러 가지로 쉽지 않게 산다고 말했던 기억들. 간간이 이정식을 만나 안부를 나눌 때마다 그는 매 순간 다른 경계의 부표를 지나고 있었다.

그리고 부표에는 줄곧 말하지 못하고 기억되지 못한 이야기들이 걸려 있다.

2

이정식은 비평적 재현을 통해 새로운 서사의 틀을 갱신하기보다 재현의 전형성을 반복하며 경계를 지나온 타인의 레이어들을 포개어 극대화하는 데 좀더 특출 난 편이다.

'예쁘고 특별한 엉덩이'로 시작되는 항문 자긍심처럼 독자에게 민망함의 몫을 고스란히 전하는 구간을 어느 정도 견디는 데 성공한다면, 이어지는 문장은 독자에게 시각과 후각이 열리는 경험을 선사할 것이다. 엄마의 품에서 맡을 수 있는 바다의 냄새를 갖지 못한 그는 어색하게 제 몸을 쓸어내리며 자신이 갖지 못한 냄새의 빈자리를 강하게 인식하지만, 그렇다고 바다로 강으로 뛰어들기 위해 살지는 않았노라 증언하면서 결핍을 받아 안고 변종의 실천을 이어간다.

엄마의 냄새를 갖지 못한 이는 대신 엄마의 이름을 빌려와 제 이야기를 들어줄 청자로 삼는다. 이은주는 이정식의 이야기로부터 자신을 반추하지만, 반추의 대상은 결국 이정식의 편린들이다. 이정식은 이은주를 소환하고 이은주의 문장으로 이정식의 이야기를 전하지만, 그것은 이정식이 자신을 이야기하기 위해 이은주를 상상하고 소환한 결과다. 애초 불가능한 인터뷰는 문학의 방식을 빌려 이정식도 이은주도 아닌 문장으로 이정식과 이은주를 이야기한다.

이정식은 자기 이야기를 기록하기 위해 물어보지 않은 질문들로 인터뷰를 각색하고 자신에게 편지를 쓴다. 이렇게만 이야기한다면 제 이야기를 전달하려는 명목하에 타인을 도구로 전용하는 것처럼 풀이될지도 모른다. 하지만 이야기를 만들고 전달하기 위해서는 타인의 경험을 경유하고 타인의 문법을 배워야 하며, 타인이 거쳐온 삶을 상상해야 한다. 이정식은 다른 이들의 고통과 손상을 가져와 자신의 문장으로 잇는다. 좀더 정확하게 말하면 그가 쓰는 이야기는 애당초 타인의 삶에 걸쳐 있고 결부되어 있다는 증언과 같다.

타인의 삶을 반추하고 그 속에 자신의 경험을 포개어낸 문장에는 청소년 쉼터의 친구들이 있고, 더러는 세상을 떠난 이들이 있다. 요양병원의 감염인, 무연고자들, 이름을 드러낼 수 없고 이름 자체를 갖지 않은 일면식 없는 무명의 공백까지 담아낸 문장은 자신을 스쳐간 아스라한 이름들 너머 취약한 삶의 환경을 연결한다. 그것이 이름을 기억하기 위한 사명감일지, 기억할 이름이 없음을 통렬하게 가슴에 새기는 의식적 실천일지 모르지만, 확실한 점은 두 가지가 온전히 구분되지 않는다는 것, 능청스럽게 제 이름을 거듭 호명하면서 타인의 이름을 함께 불러 모으는 그를 바라보며 힘을 얻고 부러워하는 이들이 있고 개중에는 그를 통해 목소리 내고 싶어하는 이들이 있다는 것, 그의 입을 빌려 죽어서도 드러내지 못한 이름의 자리가 문장을 채우고 있다는 것이다.

HIV 감염인 당사자로서 자신을 드러낸 이는 자신의 문장으로 타인의 이야기를 싣는다. 누구의 것인지 주어를 구분하기 어려운 문장들은 기실 이정식의 것일 수 있고 이은주의 것일 수 있으며, 그를 빌려 자기를 이야기하고 싶은 무명의 문장들일 수 있다. 학제의 연구와 다른 방식의 실천은, 외로움과 고통으로부터 개인을 구제할 수 없지만 삶의 윤곽을 살피며 외로움과 고통의 사회적 구조를 거슬러 읽도록 한다. 그의 글쓰기를 좇으며 가난과 외로움과 고립의 문장들이 어떻게 제 동료를 만나고 기억하며 단단해지는가를 확인한다. 타인에게 제 자리를 양보하듯 자신의 문장을 채우는 방식은 그만의 이야기도, 상대의 이야기만도 아닌 행간의 메아리로, 외로움과 고통을 잇는 연대의 글쓰기라고 부를 수 있지 않을까. 그렇게 문장들은 '외로움의 질병'을 안고 있음에도 타인의 삶과 주파수를 맞춘다.

+

고맙게도 이정식은 수차례 자기 작업들에 대해 글을 남길 기회를 주었다. 하지만 오랜 기간 알고 지낸 이의 전시와 작품에 문장을 올리는 일은 어느 정도 비평적 거리를 둬야 하는 까다로움을 남긴다. 당시 나는 그의 작업을 두고 자기연민에 침잠해 있는 것은 아닌지 가벼운 우려를 남긴 적이 있다. 그리고 지금, 시종일관 진지한 문장들이 향하는 연민의 정조를 당신 특유의 명랑함이 깨는 순간을 자주 접할 수 있다면 좋겠다는 생각을, 그의 책을 추천하는 지면 위에 기어이 남긴다.

머리말

스무 살의 제가 지냈던 방은 푸르스름하게 어두울 때가 많았습니다. 제가 살던 집이 언덕 위에 상자들을 아무렇게나 쌓아놓은 듯 지워진 집들에 묻혀 빛이 잘 들어오지 않았던 탓입니다. 그때 제 방에 있는 것은 낡은 가죽 소파와 러시안블루 고양이 한 마리와 수십 권의 책과 여벌의 옷이 전부였습니다.

그 집에서 지낼 땐 화장실 벽의 타일이 싫었습니다. 하얗고 네모난 타일들이 빼곡하게 박힌 화장실과 그곳 조명이 싫었습니다. 벽 천장에 낀 곰팡이를 볼 때마다 온몸에 검은 얼룩이 생길 거 같았거든요. 창문이 없어 늘 축축하고 어두웠던 화장실에서 몸을 씻으면 몸에 난 털들에 이끼가 피어

날 거 같았습니다.

물이 배수구로 빠져 내려가는 소리도 싫었습니다. 머리카락이나 화장실의 먼지가 물과 함께 떠내려가는 게 아니라 내 몸이 배수구로 흘러들어가는 소리처럼 들렸습니다.

지금 제 곁에는 그 방에서 같이 살았던 먼지라는 이름의 고양이가 사라지고 없습니다. 고양이만 사라진 게 아닙니다. 한 시기를 같이 보냈던 친구들이 사라졌습니다. 어떤 친구는 사고로, 또 어떤 친구는 자살로 삶에서 떠나갔습니다.

이 책은 사라진 친구들이 만들어낸 빈자리에서 나온 말이라는 생각이 듭니다. 하고 싶은 말을 다 꺼내지 못하고 사라진 삶의 이야기들. 소소한 기쁨과 때로는 슬픔으로 이어지지 못한 생애들이 부디 이 책을 통해 잠시라도 있어야 했던 자리로 되돌아가 위로받을 수 있기를 바랍니다.

일러두기

이 책에 인터뷰어로 나오는 이은주는 이정식의 또 다른 작가명이다. 이정식의 엄마 이름을 빌려 기록함으로써 그녀에게 또 다른 생의 가치를 되돌려주고자 차용한 것이다. 김무명은 저자가 인터뷰한 HIV/AIDS 감염인들을 제각각 '무명씨'로 부른 것이다.

차례

이은주라는 이름을 가진 여인에게
세상의 모든 무명에게

1부

이정식과
주변 사람들의 생

바다의
입

이정식을 기다리면서 나는 아직 만나지 못한 그의 첫인상을 가늠해보았다. 인터넷으로 보았던 한 일간지 사회면에 실린 사진 속 그의 낯빛은 창백했다. 어딘가 의기소침하게 느껴지던 얼굴을 떠올리며 그는 어둡고 우울한 기질에 과묵한 사람이지 않을까 생각했다.

근 1년의 시간을 나는 환자의 몸으로 보냈다. 유방암 진단으로 항암치료를 받으면서 병원에 가고 규칙적인 시간에 약을 복용하고 일상에서 운동을 하는 등 건강한 습관을 가지려고 노력을 기울였다. 지금은 질병을 앓기 전의 상태로 건강을 회복했지만 내 삶의 시간은 질병을 겪기 이전과는 다르게 변모했다.

 사람들의 걱정과 관심도 낯설었다.

 괜찮은지, 아픈 곳은 없는지 묻는 질문들은 내 아픔을 부정해야 하는 압박처럼 느껴졌고, 난 내 몸이 얼마나 건강하고 정상적인 생활을 하고 있는지를 적극적으로 변호하고 있었다. 그건 마치 누구와도 공유되지 못할 것만 같은 구멍 난 경험이었다. 그러다 서울시립미술관에서 열린 '이스트 빌리지 뉴욕' 전시 심포지엄에서 그의 이름을 처음 듣게 되었다.

 작가는 HIV 감염인으로 자전적인 내용을 바탕으로 회화와 영상 작업을 하고 있다고 말했다. 강연자가 보여준 사진 자료에는 하얀 배경 안에서 회색 옷을 입은 그가 아무것도 적혀 있지 않은 새하얀 종이를 검게 칠하고 있었다. 사진 다음으로는 이정식의 전시 소개 글도 나왔다.

 작가는 HIV 치료제 스트리빌드 복용을 시작하면서 복용 사실을 잊지 않고자 시간을 기록하게 되었다. 이 기록 사이에는 작가 본인이 시간을 적지 못해서 혹은 기억하지 못하거나 약을 먹지 못해 남겨진 빈 공간들이 있다. 작가는 이 빈 공간에 사각형의 도형을 그려넣었다. 시간이 적힌 숫자 사이에 공백을 담은 도형은 작가에게는 무수한 감정이 함축된 문장들이다. 이 문장들은 작가 본인이 병을 인식하게 되는 상태이며 바이러스의 증식과 신체 상태의 변형이라는 막연한 공포 및 두려움의 감정이다. 죽음이라는 피상적인 것이 실제로 다가오는 체험이다. 작가는 치료제를 복용한 시간을 적은 드로잉을 물감으로 종이 위에 옮겨 그리면서 그 위에 적힌 숫자들을 덮고 지우며 도형만을 남긴다. 이 남겨진 도형들은 작가 자신의 작업이 언젠가는 아무것도 아니었던 행위로 남겨지길 바라며 행하는 일종의 굿으로, 사회로부터 배제되고 소외받는 감염인들의 고통도 아무것도 아닌 듯 사라지길 바라는 행위다. 훗날 HIV/AIDS 완치제가 개발된다면 사람들의 역사가 무수한 망각의 시간을 반복하는 것처럼 이 질병도 더 치명적이고 새로운 바이러스에 의해 단순한 과거의 질병으로 기록된 텍스트로 남겨질 것이다. 작가는 이 전시를 통해 그날이 오기까지 HIV/AIDS라는 질병을 둘러싼 사회의 편견과 관념이 감염인들을 아무것도 아닐 수 없는 상태로 만들어 사회 바깥으로 밀어내고 있다는 것을, 그래서 이 질병을 우리는 아무것도 아닌 것으로 바라봐야 한다는 것을 말하고자 한다.

기록 사이에 남겨진 빈 공간이라는 글귀를 읽고 그라면 내가 경험한 시간을 공감해줄 수 있으리라 생각했다. 인터넷에서 이정식의 기록을 찾아 연락처를 알아내고 만나기

20161001 14:31 20160902 17:31 20160801 20:32 20160830 16
20161002 12:53 20160903 20:01 20160802 17:32 20160831 16:
20161003 12:45 20160904 20:14 20160803 20:12 20160701 17
20161004 13:40 20160905 17:40 20160804 21:36 20160702
20161005 15:03 20160906   20160805 16:16 20160703
20161006 15:00 20160907   20160806 13:03 20160704
20161007 13:58 20160908   20160807 13:29 20160705
20161008 18:26 20160909   20160808 17:31 20160706 1
20161009 12:11 20160910   20160809 12:21 20160707
20161010 16:06 20160911   20160810 20:49 20160708
20161011 12:58 20160912   20160811 17:35 20160709
20161012 14:42 20160913   20160812 19:29 20160710
20161013 13:29
20161014 14:09
20161015 12:35 20160914 15:23 20160813 18:40 20160711
20161016 15:32 20160915 18:24 20160814 13:25 20160712
20161017 19:46 20160916 18:26 20160815 19:43 20160713
20161018 15:56 20160917 12:24 20160816 17:35 20160714
20161019 16:44 20160918 [   ] 20160817 17:24 20160715
20161020 16:22 20160919 19:44 20160818 [   ] 201607 1
20161021 18:35 20160920 21:17 20160819 16:42 201607 1
20161022 12:16 20160921 12:42 20160820 [   ] 201607 1
20161023 [   ] 20160922 12:21 20160821 18:09 201607
20161024   20160923 12:44 20160822 15:41 201607 2
20161025 17:45 20160924 18:36 20160823 14:19 201607
20161026 20:13 20160925 13:43 20160824 16:34 201607
20161027 [   ] 20160926 15:02 20160825 15:21 201607
20161028 17:45 20160927 13:04 20160826 14:37 201607
20161029 20:41 20160928 [   ] 20160827 16:17 201607
20161030 11:39 20160929 14:12 20160828 [   ] 201607
20161031 21:55 20160930 21:29 20160829 16:51 201607 2
20160901 16:55

로 한 건 호기심 때문이 아니었다. 그를 찾아 그의 이야기
를 듣고 그의 삶과 경험을 글로 풀어내는 건 필요하고 유의
미한 작업이 될 거라고 생각했다.

문이 열리며 풍경 소리가 들렸다. 처음 만난 이정식은 환
하게 웃으며 다가왔다. 아픈 몸을 경험한 내가 흔히 사람들
이 아픈 이를 인식하는 편견대로 그를 상상하고 있던 것이
부끄러워질 만큼 환한 웃음이었다.

어디서부터 이야기를 해야 할지 잘 모르겠어요. 저는
말을 잘하는 편이 아니에요. 들으시면서 두서없다
느껴질 수도 있는데, 저도 가끔은 제 자신이 무슨 말을
하고 있는지 모르겠다는 생각을 할 때가 있거든요.
어렸을 때 이야기부터 해야 할 거 같아요. 제가
친구들에게 말하지 못한 다른 이상한 감정을 느끼고
있다고 생각했을 때요.
새벽 다섯 시였어요. 부모님이 집을 비우고 계실 때여서
거실에서 텔레비전을 보고 있었어요. 방송에서는
주부들을 대상으로 하는 자녀의 성교육 지도 방송이
나오고 있었어요. 청소년기에 동성애적인 성향을
보이는 것은 정상적인 것이다, 성적 자아를 확립해가는

시기에 당연히 있을 수 있는 일시적인 혼란이다,
이성보다는 동성과의 관계가 더 자연스러울 때이니
혹시라도 아이가 동성애적인 성향을 보인다면
당황하지 말고 올바르게 성적 자아를 확립할 수 있도록
잘 지도해주라고 하더군요. 그래서 순간이지만 마음이
편안했어요. 나는 아직 정상이구나.
그땐 다들 그렇지 않나요, 청소년기의 남자아이들은.
작은 것에 들뜨고 몸속에 불을 삼킨 것처럼 달아오르는
밤과 새벽. 누가 알려준 것도 아닌데 수음을 하고 있고
죄의식을 느끼면서, 탄로날까 불안해하면서 그 행위에
점점 빠져들고. 다만 저한테 조금 다른 게 있었다면
바라보던 것의 차이였어요. 봉긋 솟은 가슴이나
부드럽고 상처 나기 쉬울 듯 매끄럽고 하얀 피부, 둥근
이마나 볼. 어렸던 여자아이들의 모습과는 반대되는
것을 나도 모르게 더 의식하고 눈길을 주고 있었어요.
곡선이 있는 몸이 아니라 어깨나 팔의 근육처럼 단단해
보이고 각이 진 몸이 만들어내는 선들에요.
교실에는 나와 같은 교복을 입은 사내아이들에게서
나온 아카시아 냄새가 희미하게 배어 있었던 거 같아요.
교실 안이 먼지로 가득 차서 탁하고 습한 땀 냄새가

뒤섞여 있을 때에도 비릿하면서 달고 따뜻한 아카시아
꽃 냄새는 선명했어요. 그 냄새를 맡으면 몸이 뒤틀리고
꼬이는 느낌이었어요.

절 좋아하는 여자아이가 있었어요. 마른 몸에 작고
찢어진 눈매를 하고 있던 아이였어요. 다른 반이었는데
그 애의 친구들이 말해줬어요. 그 애가 널 좋아한다고.
그러니까 그 아이가 가끔 저를 보러 제가 있는 반에
오곤 했는데 전 그녀에게 교실 문이 열리는 것만큼의
관심도 갖고 있지 않았어요.

마음속에 좋아하는 사람이 있었으니까. 키가 제일
커서 교실 맨 뒷자리에 앉아 있던 남자애가 있었어요.
그런 애들 있잖아요, 조숙한 애들. 성장이 빨라서 이미
얼굴이나 몸의 골격이 어른인 애들.

쌍꺼풀이 없는 눈이었어요. 짙은 눈썹과 깊어 보이는
눈두덩이. 높진 않지만 작으면서도 오뚝한 콧날. 강인해
보이는 넓은 턱선. 난 그 모습이 아름답다고 생각했던
거 같아요.

닫힌 실습실 문 앞에서 수업 시간을 기다리면서 그
친구와 단둘이 있었던 적이 있어요. 그런데 계단
위에 누군가 마시고 남긴 물병이 있었어요. 혹시 그가

마시던 물일지도 모른다는 생각을 하니까 숨 쉬는 게
어려워지더라고요. 마시고 싶다. 그가 마시던 물이라면
그의 호흡이나 혀의 감촉을 내 몸으로 받아들이고 싶다.
저도 모르게 충동적으로 물병에 손을 뻗었어요.
그 물 마시려고? 누가 마시던 물 같은데. 더럽잖아.
뒤를 돌아서 대꾸는 못 하고 그의 얼굴만 봤던 거
같아요. 그가 마시던 물이 아니라는 게 드러났음에도
그건 아무래도 상관없었어요. 내게 처음으로 말을
걸어왔다는 것과 그 목소리가 나를 향해 뱉어졌다는
사실에 어떤 감각들에 젖어드는 기분이었어요. 물병을
들고 계단 아래로 뛰어 내려갔어요.
아무도 없는 학교 건물 뒤편의 그늘에서 천천히
물을 삼켰어요. 현기증이 났던 거 같아요. 숨 쉬는 게
힘들어서 하늘이 더 파랗게 보였어요.
그가 나에게 남긴 감정이라고 말할까, 아니면 그때 본
하늘의 파란색이 나에게 주는 어떤 감각이라고 말하는
게 좋을까. 그때의 기억이 강렬하게 남았어요.
아까 다른 이상한 감정이라고 말했나요? 제가 더
어렸을 때, 여덟 혹은 아홉의 나이였을 때, 감정이
아니라 그저 생각하고 느끼는 게 달랐던 거 같아요.

어렸던 내가 엄마의 무릎을 베개 삼아 누워 있으면
그녀의 다리 사이에서 새어나오는 냄새를 좋아했어요.
지린내 같기도 하고 축축하면서 서늘한 감촉의 냄새.
짠 냄새. 물미역이나 바닷바람이 생각나는 냄새.
가끔은 엄마의 다리 사이에 깊숙이 얼굴을 묻고 코를
킁킁대거나 손가락을 넣어 내가 생각한 대로의 감촉이
느껴지는지 확인하고 싶었어요. 하지만 그렇게 한다면
그녀의 무릎에 기대어 누워 있기 어려워질 것 같다는
생각을 했던 거 같아요. 그래서 엄마 무릎에 머리를
올리고 누워서 말없이 그 냄새를 맡으며 눈을 감곤
했어요.
하루는 엄마에게 말했어요. 엄마, 엄마 몸에서 바다
냄새가 나.
때로는 벌거벗은 몸으로 거울 앞에 서 있기도 했어요.
작은 모래 알갱이 같던 젖꼭지와 배꼽 그리고 다리
사이. 손으로 어깨에서 손목으로, 가슴에서 배 아래로,
발에서부터 배꼽까지 몸을 쓸어내리고 올리다가
손가락을 코 밑에 대보았어요. 하지만 손가락에는
어떤 냄새도 걸쳐 있지 않았어요. 웅크리고 앉아 등을
구부려 머리를 다리 사이 가까이 밀착시켜봐도 엄마와

같은 냄새는 내 몸에 없다는 것이 확인될 뿐이었어요.
그건 절망이랄까, 아니 절망이라기보다는 무언가를
잃어버린 후의 허전함이나 빈자리가 남기는 쓸쓸함과
같은 것이었어요.

그 느낌은 언젠가 엄마와 함께 갔던 바닷가의 모래에
묻혀 있던 소라 껍데기를 떠올리게 했어요. 소라
껍데기 안에서 파도 소리가 들린다는 어른들의 말을
생각하면서 빈 소라는 내가 보고 서 있는 바다의
입이라는 것인가, 그렇다면 바다의 입은 어둡고 푸른
바다의 끝에서부터 내게 어떤 말을 들려줄 것인가
기대하면서 귀에 가져갔어요.

하지만 들리는 건 파도 소리와는 달랐어요.
파도가 모래에 부딪혀 하얗게 부서지다가 다시
내려가는 것. 내가 가늠할 수 없는 지평선의 크기만큼
거칠게 불어오던 바람 같은 것. 빈 소라의 세계는
부서지고 흔들리며 뒤섞이는 소리 너머에 아무것도
남아 있지 않은 적막의 세계였어요. 그 적막이 내게
주었던 깊이와 두려움에 나는 빈 소라의 세계에 홀로
갇혀버린 것 같았어요.

예민함에 곤두서며 지냈어요. 누가 이런 나를 알아보고

이상하게 여길까 불안해서. 그래도 엄마에게는
사실대로 말해야겠다, 언젠가 엄마도 아실 거라면
솔직하게 말해야겠다 싶었어요.
엄마가 어떤 표정을 짓고 있었는지는 모르겠어요.
그녀의 얼굴을 제대로 볼 수 없었거든요. 나를 보며
눈물을 흘렸는지도 모르고 아니면 그냥 아무 생각도
미동도 없이 나를 바라보고 있었을까요. 그 후로
엄마와 나는 서로에게 다가가지 못한 채 떨어져
지내게 되었어요. 그건 제게 또 다른 상처와 상실감을
안겼어요.

여수에 내려갔던 적이 있어요.
집을 나와서 특정한 목적지를 정하고 움직였던 건
아니에요. 버스와 기차를 타고 이동할 수 있는 만큼
움직이고 이용할 수 있는 교통수단이 없을 때에는 걸을
수 있는 만큼 걸어다녔어요. 그러다 여수에 도착했을
때 차를 태워준 운전자로부터 모래가 검은 곳이 있다는
얘기를 듣고 검은 모래 해변을 찾아갔어요.
한여름 낮의 해변은 피서객들로 북적거렸어요. 나는
모래사장에서도 사람들이 적게 모인 곳에 자리를

잡고 맨발로 앉아 있었어요. 발가락 사이로 들어왔다
새어나가는 모래처럼 나란 존재는 내가 있던 세계에서
너무나 쉽게 무너지며 사라진 것 같았어요. 해가 저물어
해변에 있던 사람들이 하나둘 사라지고 밤에 해변으로
나와 폭죽을 터트리며 노는 무리도 사라지면서
사방에는 바다와 저뿐이었어요.
바다와 하늘은 경계를 나누지 못할 만큼 어두웠어요.
어둠에서 출렁이는 검은 물결이 나에게 어둠 속으로
들어오라는 손짓처럼 보이는 거예요.
나는 검은 일렁임을 보다가 바다로 걸어 들어갔어요.
밀려 들어와 빠져나가는 거친 힘에 몸이 점점 바닷물에
깊이 잠겨드는데 그땐 파도가 나를 휩쓸고 삼켜버려도
좋지 않을까 하는 생각을 했어요. 물이 목까지
차올랐을 때 허우적대며 뭍으로 올라갔어요.
나는 나를 이 바다의 어둠으로 사라지게 하려고 여기에
온 것이 아닌데.
집에 남겨두고 온 것들이 생각났어요. 내가 사랑했던
사람들과 나를 사랑했던 사람들이 그리웠어요.
내가 남자를 좋아한다는 이유만으로 누군가에게는
슬픔을 느끼며 살아가게 하는 이유가 된다는 것이 참

지독하다 생각했어요. 나의 생겨먹은 모습과 내게
일어난 모든 일이 사실이 아니라 소설이었으면 좋겠다.
내가 소설책을 읽고 있는 거였으면 좋겠다. 내가 어떤
사람들에게는 아름답지 못한 존재로 남겨진다고
하더라도 그래도 나는 내가 보는 것들을 아끼며
사랑하기 위해 살고 싶다는 생각을 했죠. 검게 일렁이는
파도의 움직임을 보면서요.
그 어둠을 통해서 삶의 긍정을 본 거 같아요.

어둠을 통해서 삶의 긍정을 본다는 그의 말을 듣고 스무
살의 나를 떠올려본다. 서른다섯이 된 나는 여전히 가난하
지만 그땐 가난과 미래에 희망을 기댈 수 없다는 불안으로
불현듯 튀어나오던 뛰어들고 싶다는 충동을 억누르고 살
아야 했다.
밤거리의 도로를 주행하는 자동차의 헤드라이트 불빛을
볼 때. 지하철 역사 안으로 들어오는 열차가 일으키는 바람
을 몸으로 맞을 때. 한강 위 다리를 건너다 무심코 다리 아
래를 내려다볼 때. 도시의 소음이 소거되면서 생각과 말들
이 침잠하는 가운데 나오는 건 아, 하는 짧은 탄식이었다.
뛰어들고 싶다는 생각은 순간 사라지고 일어나지 않은 극

단적인 상황에 대한 상상으로 두려움에 몸을 떨었다.

주거환경이 사회적 위치를 말해주는 사회에서 고시원에서 산다는 것은 내게 모종의 수치심을 안겨주기도 했다. 고시원 건물 입구에 사람들이 있으면 그들의 모습이 보이지 않을 때까지 건물 주위를 돌아다녔다. 실외 창문이 없는 작은 방은 불을 끄면 아무것도 보이지 않아 땅 밑에 묻힌 관처럼 느껴졌고 다른 방에서 흘러나오는 소리를 듣고 어둠 속에 누워 있으면 나는 살아 있는 시체일지도 모른다는 생각을 했다. 좀비 같은 생활. 생명력이라곤 느껴지지 않았다.

글을 쓰겠다고, 작가가 되겠다고 친구들에게 말했지만 글이라곤 한 페이지 이상을 쓰지 못했고, 썼던 글마저 형편없이 느껴져 쓰고 찢어버리기의 반복이었다. 아무것도 아닌 주제에라는 말을 입 밖으로 내뱉지 않아도 그 말이 혓바닥 밑에 늘 붙어 있던 청춘이었다.

그 시기엔 유독 밤의 강을 무서워했다. 어둠 속에서 흘러가는 강의 물결이 마치 여인의 긴 머리카락처럼 보였다. 그 머리카락에 몸이 감기면 다시는 수면 위로 올라오지 못할 것 같았다. 한없이 가벼웠고, 우울과 죽음이 늘 곁에 있다고 생각했던 날들이었다.

몇 년 전이었을까. 할리우드 블록버스터 영화를 서울에서 촬영하던 날 마포대교 밑에서 시체 한 구를 건졌다는 이야기를 친구와 나누고 있었다. 썩은 몸뚱이가 뜨는 강이 도시의 일상이 되었다는 대화는 몇 분간 이어졌을까. 일주일 뒤 종로5가의 와인 파는 사진관에서 다시 만난 친구는 마포대교 밑에서 건져올렸던 그 시체가 친구의 지인이었다는 사실을 전해주었다.[*]

스물둘. 남자. 회사원. 나는 내 혀가 싫어졌다.

22년의 시간을 단 몇 분의 이야기로 쉽게 지울 수 있던 내가 쓰는 글이란 말도 문자도 아닌 더러운 얼룩이었다. 스무 살에 내가 찢어버렸던 그 종이들보다 더 가볍고 하찮은 흔적일 것이다.

한강으로 달려갔다. 마포대교를 지나 원효대교에 가까워질 때까지도 강은 쳐다보지도 않았다. 나와 여의도 사이의 강은 빛과 섞이지 못하는, 수면 위에 빛이 띠가 되어 떠 있는 순수한 어둠이었다. 나라는 얼룩은 어둠과 어둠 사이에서 밀려나 있어 한강을 멀거니 바라만 보았다. 한강대교

---

[*] 「어벤져스 2 촬영 중 마포대교에서 시신 발견」, 조선일보 2014년 3월 30일자. https://www.chosun.com/site/data/html_dir/2014/03/30/2014033001728.html

가까이에서 나는 강의 어둠이고 싶었고 순수해지고 싶었다. 나는 한강대교 밑에서 그만 울어버렸다.

이정식이 검은 일렁임에서 삶의 긍정을 보았다면 나는 나 자신의 검은 얼룩으로부터 순수함을 동경하고 있었다. 지금의 난 조금이라도 순수하다 말할 수 있는 걸까.

내 말은 단단한 문장을 빚어낼 수 있을까. 난 검은 모래 해변 위에 서서 바다를 바라보고 서 있었을 그의 어린 모습을 말없이 그려보고 있었다.

clean.3 HIV 치료제 젠보야를 녹여 바른 이정식의 작업, 2015년.

어떤 문장들이
쓰여 있는 걸까

··········

이정식과의 만남을 약속한 이후 그의 전시 기록을 찾아봤다. 글을 쓰는 내겐 읽는 것 이외의 방법으로, 문자가 아닌 눈에 보이는 것으로 이야기나 느낌을 전달하는 방식을 상상하는 것이 어렵다. 인터넷에 올려진 그의 작업 사진에는 하얀 종이에 빨간 글씨로 빼곡히 적힌 숫자들의 기록이 있었고 HIV 감염인들이 복용하는 약을 녹여 바른 캔버스도 있었다. 약을 섬유 위에 굳힌 모습은 사람의 피부 표면과 닮은 모양이었다. 어떤 전시는 공간 속에 하얀 천을 매달아 구조물을 만들어 성인 한 사람이 들어갈 수 있는 긴 통로의 끝에 바느질로 고정한 것도 있었다.

　　HIV 감염 이후 시작된 이정식의 전시는 한 개인의 사적

경험에만 불과한 것은 아닐까 하는 생각이 들었지만 성소
수자, 특히 HIV 감염인들의 인권이나 삶에 대한 이야기가
제대로 이뤄지지 않는 한국 사회에서는 그의 자기 고백적
서사만으로도 필요한 기록일 수 있겠다는 판단이 들었다.

작업은 어떻게 시작하신 거예요? 미술을 전공했기 때문인가요?

— 전 미술 전공자가 아니에요. 시각예술을 해야겠다고
생각해왔던 것도 아니고요. 제 꿈은 소설가였어요.

소설가가 꿈이었다는 말이 나긋나긋한 그의 목소리에서
순간적으로 귀를 트이게 했다. 그건 내가 글쓰기를 업으로
생각해왔고 이정식의 이야기를 기록하기 위해 만나고 있
는 입장이기 때문이었다. 자신의 이야기를 쓰고 싶다는 연
락을 받았을 때 그는 어떤 생각을 했을까. 본인 이야기를
시각 언어로 풀어내는 사람이 타인이 그의 이야기를 쓰겠
다고 했을 때 승낙하기 어렵진 않았을까? 그는 이미 자기
영역에서 스스로의 이야기를 쓰고 있는 사람이 아닌가.

그렇다면 직접 내 이야기를 써봐야겠다고 생각하진 않으셨어요?

— 글쓰기는 어려운 거 같아요. 그리고 쓴다 하더라도 보

여줄 곳을 찾기 어렵다고 생각해요. 음악은 누군가 들어
줄 사람이 있고 그림도 누군가 봐줄 사람이 분명히 있을
텐데 쓴 글을 보여줄 기회를 갖는다는 건 다른 차원이라
고 생각했어요.

미술이라는 영역이 접근하기 더 쉬웠다는 뜻인가요?

— 그건 아니에요. 저는 저 자신의 이야기를 직접적으로
드러내기가 어려운 거 같아요. 지금도 사람들이 저를 한
사람의 작가나 제 이름으로 부르기보다는 HIV 감염인 작
가라는 호칭을 앞에 붙이는 것처럼. 저라는 한 개인의 삶

을 이해하고 다가가기 전부터 동성애나 HIV와 같은 병명으로 저를 먼저 생각하는 것처럼. 전 그게 싫고 부담스럽거든요. 어쩔 수 없다고 생각하지만 어쨌든 제가 제 이야기를 직접적으로 드러낸다는 것은 앞으로도 어려울 거 같아요. 특히 글로 간결하고 명료하게 제 이야기를 서술한다는 건.

그럼 내 이야기를 하기 위해 직접적인 방식이나 글보다는 은유의 방법으로 시각예술을 선택했다고 생각하면 될까요?

— 그것도 아니에요. 충동, 충동이라고 말하는 게 정확해요.

하나라는 친구가 있었어요. 눈이 참 예쁜 친구였어요. 흔히 사슴 같은 눈이라는 표현을 하잖아요. 크고 깨끗한 눈망울을 갖고 있었어요. 몸은 작고 말랐지만 약하다는 느낌은 들지 않았어요. 그 작은 몸이 견고해 보였던 건 그녀에게서 풍기던 분위기 탓일지도 모르겠네요. 배려하고 약한 이들을 돌봐볼 줄 아는 사람. 타인에게 상처 주기 쉬운 말은 하지 않았던 사람. 그런 그녀의 태도가 강하고 건강한 사람이라는 느낌을 주었어요.

제가 집을 나와서 지낸다는 것을 알고 하나는 걱정해줬어요. 그러니까 제게 어디서 지내는지 묻는 형들에게 답하기 곤란해할 땐 다른 이야기를 꺼내 주의를 딴 데로 돌리기도 했어요. 매운 음식을 잘 못 먹던 기억도 나요. 하나가 쓰던 선크림의 이름과 용기의 색깔, 그녀가 키 크고 귀여운 인상의 남자를 좋아했던 것도요.

하나와는 자연스럽게 멀어졌어요. 사는 지역도 다르고 서로의 관심사도 달라서 점점 연락하는 횟수도 줄어들고 그게 당연하게 여겨졌지요.

캐나다 몬트리올에 간 적이 있어요. 출국 하루 전날 새벽에 친구에게서 전화가 왔어요. 기분이 안 좋다고 하길래 무슨 일이 있냐고 물었더니 하나가 죽었다고 하더라고요. 하나가 수술비 때문에 일본에서 일하고 있었다, 손님과 2차를 나갔는데 갑자기 사라졌다, 같이 일본에 가서 일하던 친구나 가게 사람들도 그녀와 연락이 닿지 않았다, 그런데 오늘 경찰서에서 연락이 왔다, 그녀가 죽었다고, 상반신이 불에 탄 채로 발견됐다고. 그러면서 묻는 거예요. 하나가 HIV 감염인인 건 알고 있었어?

친구와의 통화를 끝내고 벌어진 입을 다물지 못했어요. 그때 제가 집의 창문을 열고 밖을 내다보고 있었거든요. 불 켜진 집들의 빛이나 차들이 지나가며 일으키는 소리 사이에서 마치 무중력 상태로 떠 있는 기분이었어요. 한 편의 영화처럼 빠르게 지나가는 영상보다 더 허구 같은 이야기를 어떻게 받아들여야 할지 모르겠더라고요.

잠을 못 자고 아침에 공항으로 가는 버스를 타는데 도시를 벗어나면서 스치는 나무들에 어린 빛이 더 짙고 선명하게 보이는 거예요. 그 풍경으로부터 무의미하다고 말하면 좋을까요, 어떤 공허함을 느꼈어요. 한 사람이 만들어낸 부재가 제가 바라보는 것들에, 아니 제가 바라보게 하는 것들에 쓸쓸함을 깃들게 한 거 같았어요.

몬트리올에 가서도 다시 서울로 돌아오는 비행기 안에서도 그녀를 생각했어요. 그리고 하나와 마지막으로 만났던 순간을 더 자주 떠올렸어요.

그녀가 일본에 가기 1년 전이었을 거예요. 초원이라는 식당에서 음식을 기다리며 앉아 있는데 하나가 들어왔어요. 후드가 달린 검은색 롱코트를 입은 작고 마른 여자가 들어오는데 창백하고 앙상하게 마른 몸의 하나를 보고 선뜻 인사를 건네기 어렵더라고요. 그런데 그녀가 먼저 제게 인사를 했어요. 잘 지내는지 묻는 하나의 말에 저는 어디가 아프냐고, 얼굴이 안 좋아 보인다고 말했어요. 그녀는 입가에 알 수 없는 미소를 짓다 입을 다물고 초원에서 나갔어요. 그때 좀더 반갑게 인사해줄걸. 지금도 그게 미안해요.

그러니까 3개월간 몬트리올에 있으면서 서울에 있는 친구들과 연락했을 때 범인이 잡혔는지를 아무도 모르는 거예요. 너무 무섭고 끔찍한 죽음인데 서울은 이상하게 조용하다. 왜 텔레비전에서나 신문에서는 조용한 걸까. 왜 그녀의 죽음을 말하고 있지 않을까. 알고 보니 하나의 부모님이 그녀의 죽음이 바깥으로 드러나는 게 싫다고, 그녀가 이상한 사람들과 어울려 지내면서 그렇게 된 거 아니냐고, 좋은 일도 아닌데 굳이 시끄럽게 알려져서 내 자식 이야기라는 걸 주변 사람들이 알까 무섭다고 말했다는 거예요. 그래서 같이 그녀의 죽음에 분노하고 슬퍼했던 친구들이 아무것도 할 수 없었다는 거예요. 그때 울었어요. 하나가 죽었다는 소식을 처음 들었을 때 슬펐지만 멍한 느낌이 들 뿐 눈물은 흘리지 않았거든요. 친구에게 그런 얘기를 들으면서 그때 울음이 터진 거예요. 이런 게 어딨어. 말도 안 돼. 더 할 말은 찾지 못하고 몇 번이고 떨리는 목소리로 말했어요. 이런 말도 안 되는 일이 어디 있냐고. 언젠가는 꼭 하나의 이야기를 해야겠다, 사람들에게 들려줘야겠다, 그것이 글이든 무엇이든. 친구의 죽음이 허무하게 사라지지 않도록 내가 살아가는 동안에는 말해야겠다고 생각했어요.

한 사람의 삶이 순식간에 사라진다는 것. 그것이 타의에 의해 비극적으로 일어난 일이라면 말이라는 건 더 이상 중요하지 않다. 말은 사실을 담아내기엔 무게가 없고 온전히 드러내기 위해 구체적인 지시나 혹은 묘사가 덧붙여진 글들은 진실 앞에서 온당하다고 말할 수도 없다. 글이 쓰이는 순간 이전에 일은 이미 벌어졌고 지나간 과거의 시간으로 남겨지기 때문이다.

하나는 어떤 사람이었을까. 희망을 품고 떠난 땅에서 그녀는 자신에게 닥칠 가혹한 운명을 조금이라도 예감할 수 있었을까. 그녀는 어떤 말을 하고 싶었을까. 마음속에 어떤 말들을 억누르고 살았던 걸까.

술집으로 일을 나간 적이 있다. 거기서 나와 같이 일했던 사람들은 한 사람의 이름으로 호명되기보다 숫자로 불리고 기억되었다. 손님들 앞에서는 보이는 외모와 대기 줄의 순서대로 1번, 2번, 3번 차례대로 이름 대신 숫자를 말했다. 손님으로부터 지목되어 착석하기 전까지는 모두 이름 없는 숫자일 뿐이었다.

대기실의 소파가 생각난다. 담뱃불로 파인 구멍이 많던 빨간색 소파. 방 안은 늘 담배 연기로 자욱했고 가늘고 높은 웃음소리가 있었다. 난 그들과 말을 섞고 싶지 않았다. 그들의 사적인 이야기를 듣고 싶지 않았고 나도 내 이야기를 그들에게 하고 싶지 않았다.

가게 밖을 나가면 다시는 보지 않을 사이라고, 언젠가 우연히 마주치더라도 서로의 얼굴을 기억해봐야 좋을 게 없는 관계라고 생각했다.

돈을 벌어야 했지만 우습게도 그 시기에는 손님이 나를 부를까봐 늘 불안하고 걱정됐다. 지하의 가게를 찾아온 남자들의 얼굴은 어딘가 쳐다보기가 싫었다. 그들의 얼굴이나 표정에서, 특히 시선에서 지하 특유의 습하고 맡기 싫은 냄새가 같이 떠올랐다.

경제적인 고립은 단지 먹고 마시고 입는 것에만 변화를 가져오는 일이 아니다. 점차 웃을 일이 사라지고 굳어버리는 얼굴 속에 마음은 늘 누군가를 향해 날카로움을 품기가 쉬워진다. 그게 나 자신일지라도. 가게에서 책을 읽다 이런 생각을 하기도 했다. 시선으로 사람을 죽일 수 있다면 거울 속 내 모습을 가만히 들여다보는 것도 좋겠다고.

새벽 세 시의 평일이었다. 손님이 없어 가게 문을 일찍 닫은 날에 나는 차비가 없어 집까지 걸어가야 했다. 언덕의 오르막길을 걸으면서 몹시 피곤한 나머지 신발을 벗고 바닥 위에 쓰러져 누워버리고 싶었다. 섬유질의 종이가 되면 어떨까. 종이가 돼서 종이파쇄기로 걸어 들어가 누군가 나를 읽지 못하도록 흔적들을 지워버리자.

빗방울이 하나둘 떨어지더니 곧 앞을 온통 가려버릴 만큼의 기세로 쏟아져 내렸다. 옆으로 늘어선 빌라의 주차장으로 뛰어 들어가 담배를 피우며 빗줄기를 응시했다.

내가 종이라면 저 빗속으로 걸어 들어갈 텐데. 저 은색의 장막 속으로 들어갈수록 내 몸은 녹아들 거야. 머리카락은 땅에 떨어지고 눈썹과 속눈썹, 콧방울부터 녹을 거야. 손톱과 손도 녹고 발가락도 녹아들어갈 거야. 내 키는 점점 작아질 거야. 내가 사라지고 비가 그친 그 길을 누군가 걸어간다면 내가 신었던 하이힐을 보게 될 거야.

내가 종이라면 그 위에 적힌 나의 기억들도 지워질 거야. 누군가와 함께했던 곳엔 진하고 굵은 표시로 밑줄도 그었을 테고. 또 어떤 곳은 빨간, 파란 펜으로 쓰이기도 했을 거야. 하이힐 옆으로 검고 빨갛고 파란 잉크들은 하수구로 빨려들어갈 거야. 차라리 그랬으면 좋겠어. 아픔과 통증 없이 사라지면서 누군가의 눈에 띄지 않게 조용히 소멸한다면 난 행복할 거야. 그런데 내 위엔 어떤 문장들이 쓰여 있는 걸까?

그래 이런 생각을 했었지. 내가 한 권의 책이라면…….

하나라는 사람을, 그녀의 삶을 어떤 문장으로 기록할 수 있을까. 내가 그녀에 대해 알고 있는 건 이정식이 말해준 그녀의 마지막 직업뿐이다.

난 무언가 적히고 그려지길 기다리는 하얗고 깨끗한 종이를 떠올렸다. 거기에 작지만 흘려 쓰지 않은 깔끔한 선으로 하나라는 이름을 적어야겠다고 생각했다.

그럼 하나라는 사람을 기억하기 위해서, 그녀의 삶을 증언하기 위해서 작업을 시작했다고 보면 될까요?

— 일본에 갔었어요. 하나가 일했다는 요코하마의 히노데초日の出町 거리를 보고 싶었어요. 그리고 그녀가 살았던, 그녀가 사고를 당했던 그 건물 앞에 가봐야겠다고 생각했어요.

사람의 인연이라는 건 참 신기해요. 제게 서울에서 거주하면서 촬영하고 영화를 만들던 일본인 친구가 있었어요. 그에게 하나 이야기를 들려준 적이 있어요. 그런데 요코하마에서 ART LAB OVA*라는 이름으로 예술활동을 하는 일본인 친구들이 광주 비엔날레에 초대를 받아 한국에 오게 되었는데 제 친구가 그들의 통역을 맡은 거예요.

그들이 요코하마에서 왔다고 하니까 제 친구가 사석에서 제 이야기 그리고 하나의 이야기를 들려줬다고 해요. 그러자 그들이 놀라면서 꼭 저를 만나봐야겠다, 그들이 거주하는 지역에서 일어난 사건이고 뉴스에서 보고 기억하고 있었지만 몇 년이나 된 과거의 일인데 그 사건의 피해자를 알고 있는 사람이 있다고 하니까 저를 만나서 이야기를 듣고 싶어했다고 해요. 그래서 그들을 만났고 이후 그 친구들의 도움으로 아사히사의 기금을 받아 일본으로 가게 되었어요.

히노데초 역 앞에는 작은 강이 흘러요. 다리 앞에서 강을 한참 내려다봤어요. 이 강을 볼 때 하나는 어떤 생각을 했을까. 낮과 밤과 새벽에 걸을 때, 특히 하나가 일했을 밤과 새벽 시간에 걷다보면 이 거리를 그녀도 지나갔을 거라는 생각이 들면서 도시의 모습이 아주 천천히 눈 안으로 들

---

* 요코하마 지역을 거점으로 사람과 도시의 생태를 예술로 관계 맺기 위해 탐구하고 실천하는 단체다. 매년 요코하마의 예술영화관 JACK&BETTY CINEMA에서 다문화영화제를 기획하여 상영을 이어오고 있다.

어왔어요. 내뱉어지는 숨 같다고 말해야 할까요.

길게 내뿜는 담배 연기처럼 가볍게 흩어지면서 사라지는 기분이었어요. 내가 서 있는 곳. 나. 요코하마. 이미 사라진 그녀와 함께 점차 희미해지는 도시를 보고 있었던 거예요. 해가 떠오르면서 점점 옅어지는 밤처럼. 히노데초의 성노동자들이 일하기 위해 모인 골목에서. 지금은 예전처럼 미스코리아를 보기 힘들어요. 미스코리아는 한국에서 건너온 트랜스젠더 성노동자들을 가리켜요. 예전에는 일본에 그들이 없는 곳이 없었어요. 삿포로. 신주쿠. 요코하마. 나고야. 후쿠오카. 지금은 한국인들이 사라진 자리를 동남아 사람들이 대신하고 있더라고요. 일본 경기가 예전처럼 좋지 않으니까.

히노데초 옆에 고가네초黃金町라고 있어요. 고가네초는 성노동자, 일용직 노동자들이 주를 이루던 곳으로 요코하마의 지역 주민들에게는 슬럼가처럼 여겨지는 곳이었나봐요. 그렇게 버려지고 방치되었던 고가네초는 도시 재생 사업의 일환으로 시와 활동가들의 지원을 받아 현재는 예술가들을 위한 레지던시와 전시가 열리는 곳으로 변모했어요.

제가 히노데초에서 하나의 흔적들을 찾아다니고 있을 때

ART LAB OVA 친구들이 고가네초에 입주해 있는 한 예술
가가 '이 지역의 성노동자들을 다 몰아내야 한다'는 말을
했다고 전해줬어요. 그 말을 듣고 제가 충격을 받은 거예
요. 제가 생각하기에 예술은 사람을 소외시키지 않는 일,
사람의 삶으로부터 나와 다시 사람과 공감을 주고받는 일
이었는데 예술가라는 자가 거리에서 밀려날 수 있는 사람
들을, 사회 구성원으로 인정받지 못하는 사람들을 지워야
할 것처럼 말한다는 사실을 받아들일 수가 없더라고요.
그런 생각과 말을 하는 사람들에게, 하나의 죽음이 잊힌
도시의 사람들에게 달려들고 싶다. 동료 감염인들을 떠올
리면서, 사회에서 지워진 사람들을 생각하면서 내가 먹는
약을 녹여버리고 싶다. 타인의 목소리를 묻어버리는 무관
심과 외면이 일상이 된 그곳에서 녹인 약을 온몸에 바른
뒤 알몸인 상태로 뛰어다니고 싶다는 충동이 들었어요.
한국으로 돌아오자마자 다른 HIV 감염인분들에게 요청
을 했어요. 혹시 안 먹고 남은 약이 있는지. 약을 먹지 않
아서 혹은 약을 바꾸면서 버리지 않고 방치해둔 약들이
있으면 나눠달라고 부탁했고 이에 관심을 갖고 응원해주
신 분들이 보내준 약으로 캔버스에 녹여 바르기 시작했
죠. 그렇게 작업을 시작하게 되었어요.

이정식의 이야기를 들으면서 그의 작업은 그의 목소리라는 생각이 들었다. 그 자신의 어떤 특징을 드러내고 느낄 수 있는 어조가 아니라 사회 구성원들에게 암묵적인 요구와 주장을 담은 논지라고 설명하는 것이 적절하겠다. 그러면서도 한결같고 분명한 그 내용들은 누군가에게는 불편함을 야기할 수도 있겠다 싶었다. 모두가 HIV 같은 전염성 질병이나 동성애에 대해 우호적이지 않을뿐더러 종교나 정치적인 관점에서 노골적으로 혐오하는 이들이 많으니까. 그것보다는 애초에 그런 문제 따위는 나와 상관없기 때문에 들을 필요도 없고 관심 가질 이유가 없으니까. 어쩌면 내 머리 한구석에서 그의 이야기가 불편하다고 여기는 것인지도 모르겠다.

이런 질문이 적절한지는 잘 모르겠지만 정식씨는 자신의 작업이 누군가에게는 불편할 수도 있다는 생각은 안 해보셨나요?

— 아니요, 단 한 번도. 전 해야 할 말을 했다고 생각해요. 불편함이라. 그건 제 몫이 아니에요. 듣는 사람들의 몫이라고 생각해요. 혹은 듣지 않은 자들의 몫이거나.

나는 나 자신이 정직하다고 말할 수 없다. 나도 다른 누

군가도 나이가 들면서 가진 게 늘어나고 지켜야 할 게 많아
질수록 비겁해지는 순간이 늘어난다. 정서적인 문제는 차
치하고라도 안락한 삶을 살기 위해서, 일상에서의 만족을
얻기 위해서 끊임없이 일을 해야 한다. 일이 늘어나는 만큼
지출도 늘어나면 어느새 삶은 시간과 돈에 쫓기며 피로하
다는 말을 늘 입에 달고 살아가게 된다. 지친 몸과 마음에
필요한 건 타인의 간섭이 없는 혼자만의 공간이고 이 공간
속에서는 아무것도 보고 듣지 않아야 한다. 마치 눈이 먼
것처럼, 귀가 들리지 않는 것처럼. 내 일이 아닌 타인의 문
제에 대해 갖는 관심은 피로감만 가중시킬 뿐이니까. 그것
이 사회와 나 사이를 단절시키고 고립시키는 것을 모르는
사이에 침묵을 선택하면서 말이다.

　얼마나 쉬웠던지, 어쩔 수 없는 일이라 말하고 눈길을 거
두는 것은. 마음을 한자리에 오래 머무르지 않도록 했던 일
들은.

　그와 헤어진 저녁 시간 집으로 돌아와 그가 보내준 8분
21초짜리 영상을 보았다. 검은 화면 속에서 희미하게 드러
난 그의 얼굴 윤곽은 치켜뜨는 턱에서 구부러진 콧등으로,
떨리는 속눈썹에서 고개를 숙이는 그의 머리카락으로 움

직이고 있었다. 그 사이에는 얼마냐는 뜻의 일본 말 '이
쿠라ぃくら'를 읊조리는 낮고 조용한 그의 목소리가 흘러나
오고 있었다.

바람 소리가 들린다. 이내 거친 바람이 지나가고 고요함
만이 남은 자리에서 그가 나는 한국 사람이며 성노동자라
는 사실을, 그가 해줄 수 있는 행위의 가격들을 외치고 있
었다. 외침이 멈추고 정적이 찾아오면 일본 신문에 실렸을
부고 소식을 듣게 된다.

요코하마시 나카구에서 발견된 남성 사체. 목에 졸린 자국이 있어
살인 사건으로 수사.
5일 새벽, 요코하마시 나카구 와카바초의 아파트에서 남성의 사
체가 발견된 사건으로 가나가와현 이세자키 경찰서는 이날 남성
의 사인은 교살에 의한 질식사라고 밝혔다. 경찰은 살인 사건으로
단정하고 수사 본부를 설치했다. 조사에서 피해자인 남성은 상반
신이 알몸인 채 매트리스 위에 누워 있었으며 얼굴과 좌상 반신의
일부가 불에 탔고 하반신에는 출혈의 흔적이 있었다고 한다. 방은
매트리스와 집 천장의 일부가 그을린 것 외에는 화재로 인한 피해
는 없었다. 방에서 다툰 흔적은 없으며 피해자는 이 방에서 5월경
부터 한국 국적의 남성과 둘이 살고 있었다고 한다. 아직 피해자

의 신원은 확인되지 않았지만 동거인에 따르면 피해자는 한국 국
적으로 20세 정도의 나이이며 이름은 ○○○이라고 한다.
엠에스엔 산케이 뉴스, 2008년 6월 5일 23시 23분.*

이건 하나의 이야기구나. 그런데 난 그녀의 얼굴만 모르
는 게 아니라 그녀의 진짜 이름도 모르고 있다는 사실을 새
삼 떠올린다.

영상이 끝나가면서 그가 헤어짐의 인사말을 건네온다.

'안녕. 동쪽에서 바람이 불면 내가 당신을 만지고 있어
요. 안녕. 동쪽에서 바람이 불면 제가 당신의 귀에 속삭이
고 있어요.'

페이드 아웃.

난 이정식의 목소리가 얼굴도 이름도 모르는 하나의 목
소리라 생각하고 싶어졌다. 내가 그녀의 존재를, 그녀의 부
재를 기억하고 싶어졌기 때문이다. 그녀의 영혼이 평온하
기를 진심으로 바란다. 그리고 그녀의 이야기를 마음속에
각인시켜둘 것이다.

---

* http://sankei.jp.msn.com/affairs/crime/080605/crm0806052322043
-n1.htm

편지

이은주씨에게
1

새벽에 눈을 떠서 창밖을 보고 있었어요. 아침에 다시
잠들기까지 침대 위에 누워 창문만 바라본 거 같아요.
아직 봄이 오지 않아서인지 파랗고 회색빛이 감돌던
창문의 어둠은 시간이 지나도 미세하게 옅어질 뿐
하얀빛이 들어올 기미는 보이지 않았어요.
고양이들이 싸우는 소리가 들렸어요. 아이 울음소리
같기도 한 고양이들의 날카로운 울음은 한참이나
계속되었어요. 그렇게 창문을 바라보고 있는데 제가
열일곱 살에 들어갔던 가출 청소년 쉼터의 소극장이
생각났어요. 거긴 저처럼 집을 나왔지만 부모님의 동의를
받을 수 있는, 가정으로부터 보호받지 못해서 임시 거처가

필요한 남자아이들이 단기로 지낼 수 있는 곳이었어요.
소극장의 창문은 옆 건물에 가로막혀서 빛이 잘 들어오지
않았기에 여름에도 서늘한 기운이 느껴졌어요. 한낮에
창문을 열어도 빛은 가늘고 좁은 줄기로 소극장의 구석
바닥을 겨우 비출 뿐이었어요.

그땐 한없이 우울했던 거 같아요. 늘 관심과 애정을
바라면서도 혼자 있고 싶었어요. 소극장은 쉼터에
입소한 친구들은 잘 들어오지 않는 곳이어서 혼자
창문을 열어두고 조용히 들어오는 빛을 바라봤어요.
그 순간에도 성에 대한 감각은 쉽게 부풀었어요. 밖에
나가서 누군가를 만나고 싶었어요. 소극장을 부유하는
먼지를 통과해서 바닥으로 떨어지는 빛을 보면서 정적
속에 있다보면 갑자기 눈이 먼 기분이 드는 거예요. 그때
그런 생각을 했어요. 내가 눈이 멀면 누군가 소극장의
창문을 내가 열었던 만큼 열어볼 수 있을까. 그래서 내가
보았던 만큼의 빛을 보게 되는 걸까. 그래서 항상 창문을
닫아두지 않았어요.

우울함은 어떤 순간 예고도 없이 찾아와요. 길을 걷다가
지반이 무너져서 생긴 구멍에 추락하는 기분으로 설명할
수 있을지도 모르겠네요. 아주 갑자기 사람을 밑으로,

바다 아래로 추락시켜버려요. 다른 걸 생각할 수도
없고 오직 죽고 싶다는 생각만 했던 거 같아요. 누워서
텔레비전을 보고 있을 때, 글을 읽다 문장이 끝나는
순간에, 사람들이 웃고 떠드는 소리 사이로 불현듯
나타나 내 몸과 마음을 잠식하는 거예요. 그 시절엔 저
때문에 주변 친구들이 많이 힘들어했어요. 제가 어느
날, 몇 시, 어디에서 뛰어내릴 거라는 문자를 보내니까.
그게 반복되니까 친구들의 삶도 마비가 되는 거예요.
그들이 저의 파괴적인 충동을 수시로 제어해야 했으니까.
그랬어요, 그땐. 지금 떠올려보면 어리석고 미성숙한 제
모습이 우습게 느껴져요.

담배도 청소년 쉼터에서 처음 배웠어요. 나이가 적고
많은 걸 떠나서 대부분 담배를 피우고 있더라고요.
서울역에서 노숙하다 경찰관에게 인도되어 밤에 들어온
아홉 살 친구가 두 명 있었는데 그 친구들이 이튿날
아침에 형들에게 담배 좀 빌릴 수 있느냐고 물어보는
곳이었으니까. 뭔가 내 몸을 나쁘게 망치고 싶더라고요.
담배가 나쁘다는 건 다 아니까. 내 몸을 망가트리고
싶어서 담배를 배웠어요.

부모님에 대한 원망이 컸던 거 같아요. 내가 거리로

쉼터로 나온 건 당신들 탓이라고 생각했어요. 가족에 대한
분노와 증오가 깊게 새겨져 있었어요. 부모님과 함께
긴 시간 오래 살았던 아파트예요. 902호. 아마도 제가
죽기 직전까지 잊지 못할 숫자일 거예요. 그래도 제가
죽기 전에는 902라는 숫자에 새겨진 부정적인 기억들이
씻겨나가지 않을까 생각해요. 부모님과 제가 서로를
용서하고 온전히 사랑으로 바라볼 수 있게. 후회와 미련이
남지 않도록 마음속 깊이 묻어두었던 꺼내지 못한 말들을
늦기 전에 해야겠죠. 언젠가는요.

어릴 때부터 아버지도, 어머니도, 아버지의 어머니인
할머니도 모두 증오했어요. 증오가 쌓이는 순간들이
있었어요. 아버지는 술만 마시면 가족들에겐 악마가
되었어요. 욕설은 기본이고 던지고 휘두를 수 있는 건
모두 당신에겐 무기가 되었어요.

하루는 어머니가 계속 맞고 계시다가 빗자루를 들고
입으로 총소리를 내시면서 다 죽여버릴 거라고 소리를
지르셨어요. 드디어 어머니가 미치셨다. 아버지의 폭력에
어머니의 정신이 이상해진 건 아닌가 생각했던 적도
있어요.

친척들도 아버지가 술에 취해서 전화를 걸기 시작하면

전화선을 뽑고 전화를 받지 않아요. 찾아가서 행패를 부린
적이 한두 번이 아니니까. 가족들도 집 밖으로 나가서
친척이나 이웃집에 하룻밤 신세를 지는 일이 빈번했어요.
술에 취한 아버지와 저 단둘이 집에 남겨졌던 적이 몇
번 있어요. 할머니도, 어머니도, 형도 아버지를 피해 집
밖으로 도망갔던 거예요. 아버지는 어린 저를 방으로
불러 속옷 차림으로 당신 앞에 서 있게 했어요. 아버지의
팔 한쪽에는 가죽 벨트가 감겨 있었어요. 아버지는 제게
물으셨어요.
내가 네 아빠야 아니야? 아빠라고 말하면 뱀처럼 감긴
허리 벨트가 채찍으로 변해 제 몸을 때렸어요. 울먹이는
제게 아버지는 다시 물으셨어요.
내가 네 아빠야 아니야? 아니라고 말해도 아버지는
벨트를 휘둘러서 제 몸을 때리셨어요. 애초에 답이 없는
질문이었고 당신께서 제풀에 지치실 때까지 방 안에서는
살을 때리는 소리와 울먹이는 제 목소리와 아버지의 거친
숨소리가 그치지 않았어요. 다음 날이면 제 팔다리와 등
곳곳에는 검붉은 멍 자국이 남았어요.
아버지도, 아버지의 폭력에 시달리면서도 집을 떠나지
못하는 어머니도, 아버지를 낳은 할머니와 아버지를

닮은 형도 다 싫었어요. 모두 죽어버렸으면 좋겠다고
생각했으니까.

이제 가족 이야기는 그만할게요. 제 가족에 대한 이야기를
한다면 수십 장의 종이 위에 빼곡히 적어도 모자라거든요.
그 망가짐에 대한 욕구와 나를 방치하고 싶다는 생각이
저를 밤거리로 나가 머물게 했어요. 부모님이 잠든
시간이면 저는 누군가를 만났고, 그게 누구든 상관없이
잠자리를 가졌으며, 관계가 끝나면 집까지 걸어갔어요.
바람이 몹시 차가웠던 겨울밤에 사람이 없는 인도를
홀로 걷고 있었어요. 고개를 들어 잎사귀 하나 없는
나뭇가지들을 올려다보고 있으니까 가로등 불빛에 눈이
부셔서 그 나뭇가지들이 투명한 거미줄처럼 보였어요.
나는 지금 거미줄에 걸려 묶여 있구나. 그런데 거미는
누구일까. 거미가 없는, 끈끈해서 빠져나올 수 없는
거미줄에 묶여 있는 기분인데…… 내가 바라보는 것들이
같이 묶여서 시간이 멈춰버린 것 같았어요.

그렇게 지냈어요. 어리다면 어린, 아직 어른이 될 수 없는
그 나이에는.

청소년 쉼터에서는 웃을 일이 많았던 거 같아요. 지낼
수 있는 기간은 정해져 있으니까 쉼터를 나가면 어디로

가야 할지 걱정되었지만 쉼터에 계신 선생님들이 배려를
많이 해주셔서 안정감을 가질 수 있었어요. 거기에 계신
선생님들은 항상 노력하셨던 거 같아요. 쉼터 친구들에게
상처 주지 않기 위해 그 친구들 입장에서 생각하고
이해하려고요. 거기에 계신 선생님들 모두가 좋았지만
특히 몇 분에게서 내가 보호받고 있다고 느꼈어요. 같이
지낸 친구들도 좋았어요. 참 순수했던 거 같아요.
쉼터가 있는 건물 주변의 어른들은 쉼터에 있는 친구들을
좋아하지 않았어요. 그래서 선생님들도 건물 밖에서는
크게 웃고 떠들지 말라고 주의를 주시곤 했어요. 전
쉼터에 있으면서 그 친구들과 같이 주변 공원에 산책을
나가기도 했어요. 쉼터 친구들은 담배 살 돈이 없을 때
공원에 버려진 담배꽁초를 주우러 가기도 했거든요. 같이
뛰고 말하고 웃었어요. 그때 그 웃음소리들은 정말 밝고
맑았어요.

갸름한 얼굴에 옆으로 길게 찢어진 큰 눈에 말이 적었던
친구. 넌 기관지가 좋지 않아 기침을 많이 했지. 아버지와
사이가 좋지 않다고 했어. 주유소에 가서 일할 거라
했는데 지금은 몸 건강히 잘 지내고 있는 걸까? 덩치가

크고 짙은 눈썹에 목소리가 굵어 어른스럽게 보이던 친구.
넌 여느 친구들과는 다르게 일을 쉽게 그만두지 않고
한곳에서 오래 일하는 거 같아 안심됐어. 너라면 다른
친구들보다는 빠른 시간 안에 사회에 정착할 수 있지
않을까 기대가 되었어. 왜소한 몸에 얼굴은 하얘서 약해
보이던 친구. 너에겐 어떤 사연이 있었던 걸까. 너와 나는
나이 차이가 나서 대화를 많이 나누지 않았지만 너의
웃음소리가 밝아서 기분이 좋았어.

다들 잘 지내는지 궁금하네요. 그 친구들은 부모님이
계시지만 돌아갈 곳이 없었어요. 학업이나 진로 같은 건
생각할 수도 없는 친구들인 거예요. 쉼터 밖으로 나가야
할 시간이 닥치니까 주유소나 음식 배달하는 일 같은 걸
찾기에 바쁘거든요. 저도 쉼터를 나오고 다시 들어가길
몇 번 반복했는데, 쉼터에서 슬픈 건 단 하나였어요. 갈
때마다 같이 지냈던 친구를 또 만난다는 거. 쉼터에서
나가도 결국 다시 쉼터로 돌아가는 친구들을 봐야 한다는
것이요.

정식씨에게

1

정식씨, 저는 낮에 오랜 친구를 만났습니다. 그 친구는
만날 때마다 제게 작은 선물을 준답니다. 어느 해
겨울에는 회색에 청록색이 섞여 주머니가 달린 머플러와
짙은 밤색 양말을 받았습니다. 어느 해 봄에 받았던
시집들도 생각나네요. 이 글을 적고 있으니 친구로부터
어느 해 여름에 받았던 라즈베리가 들어간 마카롱과 몹시
질었던 브라우니 맛이 그리워집니다.

오늘 그 친구가 제게 책 한 권을 선물했는데 피에르
베르제가 그의 연인이었던 이브 생 로랑의 사후에 그에게
보낸 편지글을 엮은 것이었습니다. 전달되지 못하는,
받는 이가 없는 편지는 연인을 그리워하는 작가의 독백이

아니라 죽어서도 사람들에게 연인의 이름이 더 오랜 시간 기억되길 바라는 그의 소망처럼 느껴졌습니다.

정식씨와 편지를 주고받는 시기에 친구에게 받은 책과 친구가 들려준 이야기를 곱씹으면서 우리 인간의 시간 안에는 우연이라는 게 없다는 생각을 했습니다. 요즘 그 친구는 매주 금요일 저녁에 거리로 나가 탈학교, 탈가정 청소년들을 지원하는 엑시트EXIT*라는 거리 상담소에서 자원활동을 하고 있다더군요. 자연스레 정식씨가 지냈던 청소년 쉼터를 떠올렸습니다.

친구는 장애인 인권단체의 활동가입니다. 청소년 친구들을 처음 만났을 때 장애인 당사자분들의 탈시설 운동 초기 모습이 생각났다고 합니다. 시설에 격리되어 사회성을 박탈당한 사람들이 지역 내에서 자립을 시작하면서 사회적 발언권을 회복하는 과정에서 그들이 지역사회에 요구하고 외치는 모습에 매력을 느꼈다고 합니다. 그 매력은 가공되지 않고 분출되는 사람들의

---

* 움직이는 청소년센터 '엑시트'는 거리의 청소년들이 거리에서 일어나는 다양한 위기 상황에 대처해 건강하게 자립하고 사회 구성원으로 살아갈 수 있도록 지원하는 단체다. 초록색 버스를 운영하며 늦은 밤 거리에서 일어날 수 있는 각종 위급 상황에 대비해 긴급 구조 서비스를 제공한다.

욕구에 담긴 삶에 대한 의지에서 느껴지는 순수한 힘이
아니었을까 생각해봅니다. 청소년 친구들이 자신이
만났던 장애인 당사자분들처럼 개인의 욕망을 날것으로
드러낸다는 것과 장애인 당사자분들을 시혜의 대상으로
바라보지 않았던 것처럼 엑시트를 찾는 활동가와
청소년들이 서로를 동지로 보고 관계 맺는 것이 좋았다고
합니다.

탈학교, 탈가정 청소년들은 가출 청소년을 지칭하는 게
아니라고 합니다. 집을 나왔더라도 다시 집으로 돌아갈
수 있는 친구들이나 집이 유복한 친구들과는 삶이
다르다고요. 대부분 불안정한 이들 속에서는 가난이
냄새로 드러난다더군요. 거리에서 노숙한다거나 잘 씻지
못하는 친구들이 풍기는 냄새로요.

가난의 냄새는 사람들이 기피하는 냄새라고 생각합니다.
노숙인분들을 사회에서 밀어내기 위해 갖다 붙이는
이유이기도 하지요. 친구의 이야기를 듣던 중 정식씨가
지낸 쉼터에서 노숙을 하다 경찰관에 인도되어
들어왔다던 아홉 살짜리 친구들이 생각나기도 했습니다.
전 정식씨가 앞으로의 시간을 행복하게 보냈으면
좋겠습니다. 제 친구도 그리고 친구가 거리에서 만나는

청소년 친구들과 정식씨가 지냈던 쉼터의 친구들이 모두
행복하기를 바랍니다.

이은주씨에게
2

한동안 연락할 수 없었어요. 제 편지를 기다리고 계셨다면
미안해요. 분노가 휘몰아쳤고 슬픔으로 무기력한 시간을
보내고 있었어요. 코로나 팬데믹은 사회의 약자들을 절벽
가까이로 밀어내고 있었어요. 사회적 거리두기로 가게
문을 열 수 없으니 많은 친구가 언덕으로 올라가거나
집으로 남자를 불러들여요. 언덕으로 올라간다는 건
트랜스젠더들이 남산 소월길에서, 인도 위에서 운전하는
사람들을 대상으로 성매매 노동을 한다는 말이에요.
우리는 하얏트에 올라간다고도 말해요. 가게를 나가지
못하면 당장 할 수 있는 일이 없으니까. 먹고살 수
없으니까 언덕으로 돌아가고 싶지 않아도 가게 되는

거예요.

옆 가게에서 일하는 누나의 소식을 들었는데 크게
다쳤다는 거예요. 처음엔 교통사고가 났거나 혹은
그 누나가 술을 자주 마시니까 계단에서 발을 헛디딘
게 아닌가 싶었어요. 알고 보니 가게 문을 열 수 없어
손님을 집으로 데려갔는데 그 남자가 느닷없이 주먹을
누나 얼굴에 휘둘렀다는 거예요. 갑자기 얼굴을 맞아서
정신을 못 차리고 있는데 남자가 쉬지 않고 얼굴이며
머리를 때리더래요. 누나가 이러다가 맞아 죽겠다 싶어서
남자를 밀치고 집 문을 열어 계단을 뛰어 올라가며 소리
질렀는데 그 남자가 쫓아와서 누나 등에 올라타더니 목을
조르더래요. 같은 건물에 사는 주민이 누나의 비명을
듣고 나오니까 남자가 도망가더래요. 누나는 전치 6주의
상해를 입고 치료 중이에요. 예전 모습을 알아볼 수
없을 만큼 붓고 함몰된 누나의 얼굴을 보니까 너무 화가
났어요. 그가 누군지는 모르겠지만 누나가 당한 만큼
되돌려주고 싶다는 마음이 들었어요.

밤에 일한다는 건 사람들이 생각하는 것처럼 어둡고
지저분한 그늘만 있는 게 아니에요. 여기에서 일하는
많은 누나와 친구, 동생들은 저마다 꿈을 꾸며 미래를

위해 현실을 영위해나가요. 물론 부족한 게 많은 것도
사실이에요. 밤 시간에 일하는 사람들은 하루를 이틀에
걸쳐 보내니까 낮에 깨어 있는 사람들보다 빠른 시간을
보내는 거거든요. 바깥의 시간에 무감해지고 유리되는
부분은 어쩔 수 없다고 생각해요. 그렇지만 여기에도
웃음이 있고 눈물도 있어요. 제 친구가 제게 했던 말이
생각나요. 나는 어둠 속에서 빛을 본 적이 있어. 어둠
속에만 있었다면 몰랐을 거야. 지금은 이게 편안해.
어쩌면 사람들은 밤에 일하는 이들의 그늘만 보기
때문에 모르는 것도 같아요. 여기에도 빛이 있다는 것을
말이에요.

떠난 사람들을 생각해요. 사회에서 호명되지 못하는
죽음들을요. 밤에 일한다는 건 그런 죽음들을 자주
목격하게 되는 일이기도 해요. 전 올해에만 벌써 네 번의
부고를 들었어요.

하나는 언덕 위에서 일하시던 분이 며칠간 보이지
않고 연락이 없어서 집에 찾아갔더니 죽어 있더래요.
고독한 죽음이에요. 다른 하나는 어떤 가게에서 일하던
아가씨인데 자살했다고 들었어요. 그리고 제가 알던
동생이 갑자기 떠났어요. 한동안 밤일을 그만두고

미용실에서 일한다고 해서 축하한다고, 잘됐다고
말했는데. 우연히 길에서 만나면 제게 오빠라고 부르며
인사해줬던 동생이에요. 미용 일을 그만두고 전에 일했던
가게로 다시 돌아가 일하고 있더라고요. 그 동생이
잘 지냈으면 좋겠다고 생각했어요. 정확한 사인은
모르겠지만 약을 먹은 게 잘못된 거 같다는 얘기만
들었어요. 차마 장례식장에 가보지 못하겠더라고요.
슬프기도 했지만 동생의 죽음이 외롭다고 느껴졌어요.
다른 친구는 저희 가게로 일하러 왔던 어떤 동생이에요.
제가 일을 시작하기 한참 전에 짧은 시간 일하다 그만두고
다른 곳으로 갔다고 들었어요. 키는 작고 얼굴이 통통해서
둥근 인상의 친구였어요. 피부는 하얗고 신은 구두의 굽이
너무 높아서 서툰 걸음이었어요. 첫날을 보내고 이튿날
손님과 문제가 생겨서 일을 그만뒀는데 그 친구가 지갑을
두고 간 거예요. 코발트블루의 카드 지갑이었어요.
지갑을 술 진열하는 선반 한쪽에 보관하고 있었는데
한 달 뒤에 그 동생이 자살했다는 거예요. 사장님이
지갑을 버리라고 해서 가게 밖으로 나가 골목에 주차된
화물차의 짐칸에 내려놓았어요. 쓰레기통에 버리고 싶지
않았거든요. 지갑에 꽂혀 있던 신분증을 봤어요. 이름이

참 예쁘다고 생각했어요. 이십대 초반의 어린 나이에
가버리다니 안타까운 마음만 들었어요.
제가 편지를 보내는 지금도 가게에서 같이 일하는
동생들과 손님을 기다리는 중이에요. 여기를 찾는
사람들은 대개 외로워 보여요. 그 외로움을 듣고 달래주는
동안 여기에서 일하는 친구들의 영혼에도 조금씩
외로움이 쌓여갔던 게 아닐까 싶어요. 쓸쓸한 죽음들을
듣는 일이 없었으면 좋겠어요. 부디 오늘은 모두에게
평온한 밤이길 바래요. 떠난 이들과 남겨진 밤의 우리의
삶에.

답장을 부치지 않음

정식씨의 편지를 받고 생각이라는 것을 할 수 없었다.
멍하니 책상 앞에 앉아서 하얀 공백에 첫 줄을 쓰고
지우기를 반복하다 내가 그에게 전할 말들에 어떤 의미를
담는다는 건 어려운 일이라는 생각이 들었다. 내가 잘
모르는 삶에 어떤 위로의 말을 전할 수 있을까. 그건
그에게도 그리고 그가 기억하고 떠나보낸 사람들에게도
실례되는 일일지 모른다고 생각했다. 그에게 답장을
보내지 않기로 했다. 그가 다른 말을 꺼내기 전까지는
말이 입에서 떨어지지 않을 거 같아서. 그에게 보낼 글을
적어내지 못할 거 같아서.
침대 위에 모로 누워 그가 보냈던 편지 내용을 다시

떠올려봤다. 다 괜찮아질 거라고, 점점 더 좋아질 거라고
나지막이 웅얼거렸다. 들리지 않고 그에게 전하지도
못하지만 한참을 속삭여봤다.

이은주씨에게 3

저는 오늘 새벽 집 근처의 하천으로 나가 산책을 했어요.
개나리가 피었고 매화꽃 봉오리가 피어나고 있네요. 살을
얼어붙게 하던 겨울바람이 어젯밤에도 불었던 거 같은데
봄은 기척도 없이 땅에 스며들어 번져갑니다.

제가 교도소에 들어가던 날도 바람이 불던 겨울이었어요.
재판 과정에 대해서나 교도소 들어가는 것에 대해
부모님께 말씀 드릴 생각이 없었기 때문에 교도소에서 쓸
돈을 마련하기 위해 야간에 일하고 있었을 때예요. 매일
같은 시간에 같은 길을 걸어가면서 지나치는 횡단보도
앞에는 낙엽들이 떨어져 있고 일부는 흩어져 날아가기도
했어요. 어느 순간 풍경이 달라져 있었어요. 특별한 게

없는 일상적인 거리의 모습이 마르고 바스러지는 낙엽들
때문에 볼 때마다 낯선 거예요. 병역거부로 인한 형
확정을 앞두고 교도소로 들어가기 전까지의 유예 기간이
점점 짧아지면서 당분간은 볼 수 없고 지나갈 수 없을
거리의 모습이 다르게 느껴졌던 건 당연한 일이겠죠. 제가
대단한 신념이나 용기가 있어 병역거부를 선택했던 건
아니에요. 단지 화가 났던 거 같아요. 청소년 쉼터에 머물
때, 성정체성의 혼란으로 우울감에 젖어 있을 때에는 제가
군대에 들어간다는 걸 생각할 수 없었고 현실적인 문제로
체감할 수 없었어요. 내가 알던 사회로부터 떨어져 나와
얼굴도 이름도 모르는 낯선 남자들과 함께 잠을 자고
씻는다는 건 그 당시에는 생각만 해도 거부감이 느껴지는
일이기도 했고요. 처음 신체검사를 받자 재검 판정이
나왔고 그다음에도 재검 판정이 나와 정서적인 문제로
군 면제를 받는다는 건 단기간 내에 끝나지 않겠다는
생각이 들어 군대를 가야겠다고 결심하게 되었어요.
당시 저는 신체검사 3급 판정을 받았어요. 대학에 다니고
있을 때였고 대체복무를 하도록 안내 메일을 받았던
것으로 기억해요. 군대를 가지 말아야겠다는 생각이
아니라 군대에 들어가기 전 저 자신에 대해 생각할 시간이

필요했어요. 군대라는 집단생활에 잘 적응할 수 있을지
고민들을 정리하는 시간이 필요했을 뿐이에요. 그런데
학교를 자퇴한 지 얼마 지나지 않아 입영통지서를 받았을
때 분노했어요. 사람마다 살아온 환경과 성격이 다르니까
집단에 대한 적응력도 다를 텐데 의무라는 명목으로
개개인의 특성을 고려하지 않고 일방적인 명령을 하는
행정에 대해 기분이 나빴어요. 이건 아닌데. 내가 군대를
가지 않겠다는 것도 아니고 군 입대까지의 시간이 조금
더 필요할 뿐인데 그게 국가 앞에서는 전혀 고려될 만한
게 아니라는 점에서 군대에 가지 말아야겠다는 생각이
들었어요.

그래서 바로 병무청에 전화를 했어요. 군대에 가지
않겠다고요.

재판이 끝나고 유치장에서 대기하다가 교도소에
들어갔던 첫날이 생각나요. 수용자복을 입고 교도관의
안내를 받고 들어간 독거방이요. 비좁은 방에 굳게
닫힌 두꺼운 철문과 누런 벽지에 핀 검은 곰팡이 얼룩과
쪼그리고 앉으면 꽉 차게 느껴지던 화장실도요. 그
화장실에서는 볼일만 보는 게 아니라 몸도 씻고 식사
용기 설거지도 해야 했어요. 방문 바로 위 벽에 달려 있는

감시카메라와 정해진 시간마다 복도를 다니면서 방 안을
들여다보던 교도관의 시선도 생각나요. 감시와 통제가
집약되어 있는 교도소는 제가 알던 바깥 사회를 단적으로
보여주고 있다는 생각이 들었어요. 교도소처럼 수용자의
방과 물품을 검사할 수 있고 편지를 뜯어 보고 전화
통화를 교도관이 듣고 있는 환경이 아니더라도 제가 살던
사회는 점점 감시의 영역이 확대되어가고 있었으니까요.
아파트나 공공시설에서만 볼 수 있었던 감시카메라는
범죄 예방 목적으로 시설 밖의 길과 거리에 점점 늘어나고
있었고 사람들을 관찰하고 기록할 수 있는 카메라의
렌즈로 도시가 감겨 있는 느낌을 받았거든요.
교도소는 수용자들을 하나의 인간이나 인격으로 대하지
않았어요. 교화한다지만 정작 그들에게 필요한 시선이나
교육 같은 게 없었어요. 교도관들에게 죄를 지어서 들어온
범죄자는 교도소 내부에서나 혹은 출소 이후에도 다시
교도소로 돌아올 수 있는 잠재적인 범죄자일 뿐이었어요.
범죄 예방 목적으로의 감시는 수용자들의 가족까지도
같은 시선으로 보게 만들어요. 제가 논산구치소에 있을
때 가족 접견 행사가 있었거든요. 행사가 끝난 이후에
수용자들은 교도관들의 지시로 복도 벽에 붙어 일렬로

대기하고 있었고 한 명씩 들어간 방에서는 카메라 렌즈가 달린 바닥 위에 서서 팬티를 내려 알몸을 보여줘야 했어요.

반입이 금지된 물품이 가족들을 통해 들어올 수 있다고 말하지만 그런 발상으로 만들어진 기계가 있다는 게 제겐 너무 충격적인 일이었어요. 단순히 바닥에 달린 카메라를 통해서 내 알몸을 교도관이 보고 있다는 수치심 때문이 아니었어요. 수용자들의 인격이 중요하지 않은 교도소의 일상이 폭력적이어서 놀랐던 거예요.

겨울이 생각나요. 차가운 나무 바닥으로부터 등으로 전해지던 습기와 냉기가 몸을 식게 만들었어요. 겨울에 눈이 내리던 날 쌓인 눈을 만졌다가 동상을 입어 보랏빛으로 변해버린 제 손바닥도 생각나요. 공기로, 불어오는 바람으로 계절의 변화를 감지하지만 계절의 변화를 눈으로는 볼 수 없는 곳. 회색 벽과 담장 너머 또 다른 벽으로 가로막혀 있는 곳. 그래도 그 순간에는 자유롭다는 생각을 많이 했어요. 마음이 편안했어요. 사람에게 쫓기지 않았거든요. 생각에 잠겨 가라앉는 일도 없었어요.

읽을 책이 있어서 다행이었던 거 같아요. 조이스 캐럴

오츠나 이반 투르게네프를 교도소 도서실에서 만날 수
있어 행운이라는 생각도 들었어요.

물론 교도소에 다시는 가고 싶지 않아요. 교도소는 단지
사람을 가둬두는 곳이 아니에요. 그 안에서도 가난에
대한 차별이 있거든요. 노역사동이라고 해서 벌금을
형으로 대신해서 사는 수용자들이 갇혀 있는 곳이 있어요.
사람들은 교도소에 저마다의 죄목으로 들어오고 또 그
죄에 따라 방의 배정이 달라지기도 하지만 제가 만났던
대부분의 수용자가 노역사동에 있는 사람들을 무시했던
거 같아요. 아동 성폭력으로 들어왔다던 교회 목사님도
생각나요. 다들 그 사람을 욕했어요. 그 사람의 직업을
비난했어요. 어떤 날은 그 사람이 다른 수용자들을 시켜서
같은 복도의 수용자들에게 사과를 나눠줬던 적이 있어요.
전 그 사과를 문 배식구 밖으로 다시 내려놓았어요. 그
사람의 죄를 비난했던 이들은 어떻게 그 사과를 받을 수
있었을까요.

교소도가 그래요. 죄지은 사람들이 모여 있는 곳이
아니에요. 갇혀 있는 사람들이 머무르는 곳이 아니에요.
그냥 사람들이 있는 곳이었어요. 바깥의 사람들과 똑같은
사람들이요. 혐오의 감정을 가지고도 혐오하는 대상이

건네주는 사과를 받을 수 있는 사람들이 모여 있는
곳이요.

계단을
올라가면

◇◇◇◇◇◇◇◇◇◇

풀냄새가 짙어졌다. 인부들이 공원의 풀을 베고 있었고 그들과 가까워지자 풀이 베인 자리에서 나는 냄새가 코 안으로 찌르듯이 들어왔다. 어른들이, 풀이 피 흘리는 냄새라고도 말하던 향기다. 정식씨와 나는 이야기를 나누기 마땅한 장소를 찾지 못해 가까운 공원으로 가 걷고 있었다.

올해는 꽃이 참 일찍 피었다. 개나리도, 벚꽃도, 목련도.

봄이 그리워서 일찍 핀 게 아니라 빨리 저물고 떨어지고 사라지기 위해 핀 봄처럼 느껴진다. 어릴 때 나는 목련나무를 싫어했다. 하얗고 큰 목련 꽃잎이 바닥에 떨어지면서 누렇고 검게 물드는 모습이 징그럽다고 생각했다.

나이가 점점 들어가면서는 벚꽃을 보는 게 싫어졌다. 벚꽃이 지는 모습이 서글프게 느껴졌다. 비와 바람에 연분홍 빛을 띤 고운 벚꽃나무의 꽃잎들이 떨어질 때 그 모습이 하얗게 질린 창백한 사람의 표정을 보는 것처럼 다가왔다.

　그 인상이 싫었다. 지금은 내 곁에 없는 떠나간 사람들을 마지막으로 보는 것 같은 느낌이었다.

오늘은 정식씨에게 감염에 대한 질문을 하고 싶어요. 처음 감염 사실을 알았을 때 기분이 어땠는지, 무섭거나 충격적이진 않았는지. 그 시기의 감정들에 대해서 듣고 싶어요.

— 전 제가 HIV 양성 확진 판정을 받았을 때 그렇게 놀라진 않았어요. 어느 정도는 감염을 예감하고 있었거든요. 그리고 어릴 때부터 주변에 HIV에 감염되었던 친구들이 있었기 때문에 저와는 전혀 상관없는 병이라고 생각하지 않았어요.

하나씨 얘기를 하는 건가요?

— 하나도 그랬지만, 하나는 제가 그 친구의 사고 후에 감염 사실을 들었잖아요. 전 아직도 그 친구를 생각하면 질병을 떠올리진 않아요.

이태원의 한 바에서 같이 일했던 친구가 있어요. 볼이 통

91

통하고 까만 피부에 잘 웃는 친구였어요. 짓궂다는 생각
이 들 정도로 장난스러운 부분도 많았어요. 그런데 같이
1년간 일하고 제가 가게를 그만두고 나서 오랜만에 만났
는데 머리카락이 듬성듬성 빠져 있는 거예요. 기침을 계
속했어요. 피부도 붉게 상기되어 있으니까 처음엔 감기에
걸렸냐고 물어봤는데 아니라고 하더라고요. 그 모습을 보
면서 함께 있던 친구랑 그가 혹시 에이즈에 걸린 것은 아
닐까 수근거리기도 했어요.

지금은 그렇지 않지만 예전에는 HIV와 AIDS가 어떻게 다
른지도 몰랐으니까요. 그러던 어느 날 그 친구에게서 전화
가 온 거예요. 순천향대학병원에 폐렴으로 입원했다고요.
너무 놀라서 친구와 같이 면회를 갔는데 울면서 얘기하는
거예요. HIV라고. HIV에 감염되어서 폐렴이 온 거라고요.
그 얘길 듣고 죄책감이 들었던 거 같아요. 농담으로 던졌
던 내 말 때문에 저 친구가 저렇게 된 건 아닐까 하고요.

본인의 감염 사실을 모르고 있다가 면역력이 떨어진 상황
에서 기회감염*으로 폐렴이 오면 그제야 HIV 감염 사실
을 알아차리는 일이 흔하다는 건 나중에야 들었어요. 또

---

* 건강한 상태에서는 질병을 유발하지 못하던 병원체가 다양한 이유로
병원체를 막아내는 신체 기능이 저하됨에 따라 감염 증상을 유발하는 것.

다른 형도 있어요. 가브리엘이라는, 정말 밝은 형이었어요. 같이 있는 사람들을 잘 웃게 만드는 분위기 메이커였어요. 그런 기운을 타고난 사람이라고 해야 할까요.

친구들에게서 연락이 온 거예요. 그 형이 지금 HIV에 감염되었는데 국내에 수입되지 않는 치료제가 필요하다고. 그 치료제가 아주 고가여서 그 형을 후원하는 행사가 열린다고 해서 서울대학병원에 갔어요.

아, 뭐라고 말을 할 수가 없었어요. 그 형을 보는데 처참한 심정이라고 해야 할까요.

알아볼 수 없게 변해 있었어요. 제가 알던 그 인상이 아닌 거예요. 온몸은 붉은 수포 혹은 종기로 뒤덮여 있고 너무 마른 거예요. 죽음이 징조를 보여준다면 바로 저 형의 몸에서 보이는 것들이 아닐까 생각될 정도였어요. 감염 때문에 청력과 시력이 안 좋아졌고 다리도 불편해졌지만 그 형이 자기는 꼭 살고 싶다는 말을 하는 거예요. 그때는 입에서 아무 말도 나오지 않았어요. 무슨 말을 해야 할지도 모르겠고 그날 그 자리에 함께한 사람들과도 어떤 얘기를 나눠야 할지 모르겠더라고요. 그냥 대단하다는 생각을 했어요.

기회감염이 와서 내 몸이 저렇게 변해버리면 삶에 대한

의지가 다 꺾일 것 같은데 어떻게 저런 의지를 갖고 있을
수 있는지 이해하기 어렵기도 했고요. 그날 이후 그런 생
각만 했던 거 같아요. 나와 전혀 상관없는 일이 아니구나.
나도 언젠가는 HIV에 감염될 수 있겠다.

**그럼 오랜 지인들의 감염 사실 때문에 본인의 감염에 대해서는 충
격이 없었다는 건가요. 정식씨의 삶에 어떤 영향을 주지 않았다는 말
인지.**

— 충격이라는 말이 적절한 거 같지는 않아요. 높은 곳에
서 갑자기 떨어지는 느낌, 추락하는 느낌, 순간적으로 마
음이 마비되는 느낌을 받았던 거 같아요. 놀라거나 슬프
지는 않았어요. 담담했기 때문에.
엄마 생각이 나더라고요. 나로 인해 엄마 삶의 무게가 더
늘어나겠구나. 이 사실을 알면 얼마나 슬퍼하실까. 그 생
각에 순간적으로 목과 가슴이 뜨거워지면서 눈물이 났어
요. 그때가 처음이자 마지막이었던 거 같아요. 제가 감염
사실 때문에 눈물을 흘렸던 게.

**감염에 대해 예감하고 있었다고 말씀하셨잖아요. 그게 어떤 것인지
이해하기 조금 어려워요. 단순히 주변 사람들로부터 감염에 대한 가
능성을 염두에 두고 있었다는 뜻은 아닌 거 같아서요. 혹시 정식씨의**

감염에 직접적인 영향을 준 사실관계를 말씀하시는 건지요.

— 어둡고 축축했던 그곳을 말해야 할 거 같아요. 어둡고 축축했던 경험을요.

그는 눈을 감았다.

게이 사우나가 있다는 건 아직도 소수의 사람만 알고 있어요. 건물의 지하나 상가 건물 한 층에 위치하지만 간판이 없고 창문은 모두 닫혀 있거든요. 어린아이들도 알 거예요. 빨간 조명과 침대가 있는 작은 방에 있는 여자가 누구인지. 그들이 무엇을 하는지. 남자들의 욕망의 크기가 같다는 것도요. 젊은 청년들만이 아니라 걸음걸이가 불편한 노인들도 욕정을 풀기 위해 그녀들을 찾아간다는 걸 말이에요.

그런데 게이 사우나가 있다는 건 모르거든요.

사람들이 알 수 없는 욕망의 공간에서 사람들은 동물과 다를 게 없어요. 인간의 그림자에는 이성이 들어설 자리가 없어요. 사람들은 개, 원숭이, 돼지가 되어 숨을 헐떡이며 하나의 몸이 되는 거예요. 어둠 안에서 인간의 몸은 하나의 어둠에 불과할 뿐이라는 것은 아이들도 알고 있을 거예요.

게이 사우나로 들어가기 전에는 늘 잠깐 망설이게 돼요. 들켜서는 안 될 것을 들킨 것처럼 수치심이 들기도 하고요. 입구 계단에서 누군가를 마주칠까봐 황급하게 계단을 걸어 올라 문을 열고 들어가요. 그러면 곧 어둡고 습한 실내와 맞닥뜨려요.

카운터에 입장료를 내미는 순간에도 수치심은 사라지지 않아요. 어릴 때는 갈 곳이 없고 잘 곳이 없으니까 게이 사우나를 자주 찾아갔어요. 나이가 들어서는 무엇 때문에 오게 된 건지 모를 정도의 습관처럼 게이 사우나를 찾게 되더라고요.

섹스가 하고 싶어서일까 아니면 외로웠기 때문일까. 누군가와의 입맞춤, 누군가와의 포옹, 누군가와의 손과 손목과 어깨를 단단히 움켜잡는 게 그리웠던 건지도 모르겠어요. 날 아껴달라고 그리고 천천히 부드럽게 쓰다듬어달라고 말하고 싶었던 것인지도 모르겠어요.

로커룸에서 옷을 벗고 가운을 걸쳐요. 샤워실에서 샤워를 하고 문이 없는 복도의 방들 어딘가에 누워요. 심장이 빠르게 뛰어요. 누군가 제 옆에 눕거든요. 손이 다리 위로 올라와요, 천천히. 그리고 제 성기를 잡아요. 저는 단단히 발기되이 있어요. 숨이 가빠져요. 내 손을 자신의 성기로 가져다 대는 그 누군가와 함께요.

어둠 속에서 나의 외로움은 누군가의 욕망을 받아들이는 하나의 덩어리일 뿐인지도 모르겠어요. 나의 엉덩이 사이로 들어오는 성기처럼 나와 이름을 모르는 그가 한 몸이 되는 것처럼요.

자주 갔던 게이 사우나는 복도에 들어서면 왼쪽으로 첫 번째 방이 있었어요. 방의 커튼을 들춰보면 남성의 나체가 보였어요. 벌려진 남자의 다리 사이로 음낭이 늘어져 있었어요. 방을 지나 앞으로 걸어가면 복도는 환기구가 있는 벽에서 왼쪽으로 꺾여요. 그 복도를 좀더 지나치면 왼쪽과 오른쪽으로 복도가 나뉘어 있어요. 오른쪽에는 두 개의 방이 있었어요.

방 하나는 화면에서 일본 게이 포르노가 나오고 다른 방에는 일반 지상파 방송을 볼 수 있는 텔레비전이 있었어요. 어두운 복도 오른쪽은 텔레비전에서 나오는 화면의 빛이 복도 바닥에 어른거리고 있었어요.

왼쪽 복도에는 양옆으로 세 개의 방이 있었어요. 오른쪽 방 하나를 지나가면 두 개의 엉덩이가 누워 있었고 왼쪽 방 하나를 지나가면 사람 없는 빈방에 어둠만 있었어요.

오른쪽 두 번째 방을 지나가면 두 몸이 헐떡이며 살을 부딪치고 있었어요. 그 두 몸 옆으로 하나의 몸이 서성이며 자신의 성기를 부여잡고 있었어요.

왼쪽 두 번째 방에는 두 개의 성기가 누워 있었어요. 하나는 잠들어 있고 다른 하나는 딱딱하게 팽창해서 위로 서 있었어요. 오른쪽 세 번째 방에서 신음소리가 나오고 있었어요. 부끄러움을 모르는 목소리로요. 전 그 거칠고 높은 교성이 듣기 싫어 그 방은 쳐다보지도 않았어요.

왼쪽 세 번째 방을 보니 어떤 남자가 누워 있었어요. 난 그 남자 옆에 누웠죠. 그리고 기다렸어요. 내가 아닌 내 몸 덩어리가 필요로 하는 그 남자의 욕망이 깨어나기까지요.

내 항문은 예쁘고 특별해요. 엉덩이 골 사이에 손가락으로 만지기 좋은 곳에 있거든요. 축축해요. 두 개의 손가락이 들어갔다 나왔어요. 어떤 남자가 혀끝으로 미끄러지듯 원을 그려주었어요. 다른 꽃들은 시들었어요. 시큼한 향기가 나는 꽃들. 어둡기만 한 푸른 꽃잎. 보랏빛의 꽃잎들 중에서도 저는 붉은 꽃잎을 피웠어요.

내 붉은 꽃잎은 매혹적인가봐요. 다가오는 코들을 위해 저는 두 다리를 벌렸어요.

신은 저에게 우주를 주었어요. 확장하는 어둠과 그 안으로 떨어지는 빛들 그리고 뜨거움.

남자의 힘들은 내 안에서 폭발하고 전 그것을 바다처럼 받아들여요.

아름다워요. 내 항문, 내 엉덩이, 벌려진 가랑이 사이가. 가련한 자의 영혼을 잠시나마 달래줄 수 있는 저의 운명은 신의 축복을 받았어요.

전 날개를 달고 천국으로 날아갈 거예요. 난 남자들을 어둠 속에서 위로해주었고 안아주었고 사랑해주었으니까. 전 천사였어요. 사람들이 외면하고 혐오하는 어둠 속에서 전 천사였어요.

천장의 조명이 신의 계시처럼 나체들 위로 떨어지고, 나체들은 사람의 품속에서 껍질이 깨지길 기다리는 알이었어요. 천국의 맛은 달고 텁텁해요. 전 삼키고 배꼽 아래 털들에 엉킨 하얀 거품을 손가락으로 문질러요.

구겨지고 주름진 시트. 바닥에 떨어진 젖은 휴지들. 수건과 콘돔들. 담배 냄새와 땀 냄새가 밴 가운들.

천국에서는 모두 누워 잠들어도 좋아요. 혼자 들어와 혼자 남겨지고 혼자 나가는 그곳은 외로운 자들의 천국이니까요.

어떤 날엔 기도를 했어요. 손가락, 수염이 난 입술, 단단한

두 개의 성기가 제 창자를 꿰뚫고 나간 이후에요.

하느님, 저를 구원해주세요. 이 어둠 속에서 발가벗겨진 저의 육체를 지옥 불에 던져주세요. 살이 타오르는 뜨거운 고통에 비명을 질러도 당신의 이름을 찾는 깨어 있는 영혼을 주세요. 이 어둠 속에서 불면의 상태로 네 시간이나 하느님 당신을 기다렸어요. 환기구 사이로 푸른 새벽빛이 들어오네요. 악이 저를 찾아오려고 해요. 저는 곧 시들고 빛이 바라고 떨어질 거예요. 여긴 여전히 춥고 전 메마른 신음을 내뱉고 있어요. 주름진 손이 제 다리 위로 올라오고 있어요. 난 어쩔 수가 없었어요. 내 위로 올라오는 저 몸을 거부할 수 없었어요. 저 가련한 영혼을 내가 안아줘야 한다고 생각했어요.

전 꼭 지옥으로 떨어질 거예요. 영원히 타오르는 불꽃 속으로 떨어질 때 내 손으로 붙들고 갈 거예요. 나를 발가벗기고 이 어둠 속으로 오게 한 자들, 나를 만지고 덮고 올라오는 저 몸들을 이 어둠 속으로 몰아낸 자들과 같이 갈 거예요. 저 불 속으로 떨어져 같이 심판받을 거예요.

늦은 가을이었어요. 시간은 새벽 두 시였고 바람은 차가웠어요. 택시를 타고 집으로 돌아가는 길에 몸에 열이 나고 심한 어지러움을 느꼈어요. 그저 감기일 거라 생각하며 여의도를 빠져나가는 차 뒷좌석에서 몰려오는 피곤함에 눈을 감았어요.

그러다 요도염 증세로 비뇨기과를 찾아갔어요. 소변검사를 하고 혈액검사를 받았을 때 불현듯 떠오르는 얼굴이 있었어요. 지난날 잠자리를 갖고 같이 담배를 피울 때 유심히 들여다본 그의 모습이 선명하게 그려졌어요. 피곤해 보이는 기색과 전에 없던 얼굴 위로 올라온 피부염증. 전 그의 모습을 보곤 어떤 말을 하고 싶었지만 담배 연기를 뱉으며 삼켜버렸어요. 그리고 긴 감기가 찾아왔어요.

몸에 갑자기 찾아오는 열과 심한 피로감, 어지러움과 피부염증. 아마도 그는 감염인이 아니었을까. 그렇다면 나도 감염된 것은 아닐까 하는 생각도 들었지만 그래도 그저 심한 감기일 거라 여기며 지나갔어요. 혈액검사 결과가 나오기까지 일주일이 지나면서 몸은 더 나빠지는 것 같았어요. 그리고 병원에서 전화가 온 거예요.

혈액검사 결과가 나왔으니 병원에 방문해달라는 간호사의 전화였어요. 저는 벌어진 입을 다물지 못했어요. 저에게 어떤 질병이 찾아왔을 거라는 확신이 들었거든요.

그렇게 병원에 갔을 때 담당 의사는 저에게 HIV 1차 양성이 나왔다는 말을 건네며 2차 검사 결과에서는 음성이 나오기도 하니 너무 상심하지 말라고 말해주었어요. 하지만 저는 그때 2차 결과는 달라지겠지 하는 기대는 하지도 않았어요. 단지 저와 관계를 맺었던 그 남자의 얼굴을 떠올리며 당신은 괜찮은지 묻고 싶었어요.

지나간 밤을 잊고 낮을 맞이할 때의 시간이 있잖아요. 전 잠에서 깨면 물 한 컵을 마시고 담배부터 피워요. 끼니를 해결하면 푸른 알약 한 알을 먹어요. 제 하루는 그때 시작되는 거예요. 그 전까지의 저는 밤이 아니면서도 꿈을 꾼 사람처럼 무의식 속에서 의식을 차린 사람이 되어 그제야 시간이 내 앞에서 움직이고 있는 것을 깨달아요. 가끔은 집에 약통을 두고 나오거나 점심을 먹고 약을 먹었는지 기억이 안 나 하루가 무척 복잡해져요. 전 초조해지고 불안에 떨며 내 신체와 영혼이 삶과 죽음의 경계에서 흔들리고 있음을 생각해요. 죽음을 체험했다고 생각하는 사람들이 있어요. 자살을 기도했거나 사고로 의식을 잃었던 날들이 있었던 사람들이 쉽게 그런 생각을 해요. 하지만 사람은 죽음을 선택할 수 없어요. 죽음이 나를 선택하고 찾아오는 거예요. 우리가 생각하는 죽음이란 우리가 경험하지 못했던 죽음의 가시적인 모습들에 대한 단편적인 이야기일 뿐이에요. 그런데 전 죽음이 제 옆에 있다는 것을 알아요. 제가 저 알약을 삼키는 것을 중단하면 제 피 속에서 증식을 멈춘 바이러스들이 다시 증식하면서 제 몸을 파괴할 거예요. 그러면 전 병들고 결국 제 몸은 삶으로부터 멀어져 저 어둠 너머로 사라질 거예요. 제 하루는 푸른 알약과 함께 시작돼요. 전 약을 삼키면서 오늘 하루의 내 건강함에 대하여 신의 축복을 생각하면서 희망이라는 것에 대해 고민해요.

누가 날 좋아할 수 있을까. 누가 날 사랑할 수 있을까. 내가 HIV 감염인이라는 것을 말해도 내 병을 의식하지 않고 만나줄 사람이 있을까. 내 옆에 누워 잠들고 있을 남자가 내 감염 사실을 알고도 그대로 누워 있을 수 있을까. 내 등과 엉덩이를 쓰다듬던 남자의 단단한 팔이 내일도 나를 안아줄 수 있을까.

모두 두려움에 질릴 거예요. 그리고 나를 욕하고 혐오할 거예요. 왜 말하지 않았는지, 무슨 생각으로 병들어서는 사람들을 만나고 다니는지 따지며 저를 힐난할 거예요. 두려움이 생겼어요. 내가 좋아하는 사람이 나의 감염 사실을 알고 공포가 생겨 나를 미워하고 증오할까봐. 어렸을 적 혼자였던 시간이 많았음에도 도통 익숙해지지 않았던 혼자라는 시간에 이제는 좀더 익숙해지도록 노력할 필요가 생긴 거겠죠. 이 병은 면역력이 떨어지는 사실이 무서운 게 아니에요. 사람을 혼자 남겨지도록 하는 병. 사람과의 만남을 잊도록 만들게 하는 병. HIV는 외로움의 질병인 거 같아요.

사랑했던 사람을 생각해요.

제가 구를 만나던 겨울이었죠. 겨울이면 추위에 약한 내 몸 중에서도 핏기 없이 붉게 변하는 왼손의 손가락들이 눈에 거슬렸어요. 손은 항상 차가웠어요. 기온이 더 내려가기라도 하면 뼛속 깊이 시리고 저려왔어요. 저는 구의 하얀 목덜미를 생각했어요. 그의 목에 제 손을 대어 겨울바람보다 더 차가운 내 손의 감촉에 놀란 그의 모습이 보고 싶었어요. 그러면 구의 목에 붉은 손가락 자국이 남아 지워지지 않을 것 같아서. 해마다 겨울이 오면 겨울바람처럼 차가웠던 제 몸을 기억하지 않을까 생각했고 그랬으면 좋겠다는 생각이 간절했어요. 사랑한다는 구의 목소리도 떠올라요. 전 그 말에 이렇게 답했어요. 네가 사랑하는 건 내가 아니라 네 경험이야. 그러면 구는 저에게 이해할 수 없다는 눈빛으로 설명을 요구했지만 나는 대답하지 않았어요. 구가 사랑하는 건 환희와 같은 감정에 차서 나

를 경외의 시선으로 바라보는 것이다, 그 순간의 엄숙함
과 숭고함을 사랑하는 것이다, 순수하게 있는 그대로의
내 모습이 아니라 네가 보고 싶은 것과 네가 원하는 감정
을 불러일으키는 모습만을 사랑하는 것이다, 지나가는 시
간과 기억들로 남겨지는 나를 사랑하는 것이다, 그리하여
사랑했었다고, 감상에 젖어 말하는 너의 모습을 사랑하
게 될 것이라고 생각했어요. 중요한 건 제가 구를 사랑한
다는 사실이었죠. 추위도 손의 통증도 문제 될 건 없었어
요. 날카로운 바람을 맞으면서도 내 속에 견고하고 단단
하게 자리 잡은 구를 생각하고 있으면 알 수 없는 따뜻함
이 몸에 퍼져나갔어요. 그렇게 저는 집 앞 공원 벤치에 앉
아 있었어요. 바로 거기서 낙엽 하나가 제 무릎을 스치고
떨어졌어요. 가벼워 소리 없이 떨어진 낙엽으로부터 말
로 표현하기에는 그 무엇으로도 부족한 무거움을 느꼈어
요. 저를 스치고 무거움을 안겨준 낙엽 한 장의 무게엔 나
무가 서 있었던 시간과 그 시간 사이를 지나가던 무수한
존재의 흔적들이 담겨 있는 거라고 저에게 말하는 것 같
았어요. 낙엽이 쌓이고 으스러지며 가루가 되어 흩날리는
길이 저에게 그렇게 말하는 것 같았어요. 낙엽 한 장의 무
게를 알아야 해요. 지나간 과거의 시간을 보지 않는 도시

는 처음엔 가벼워서 소리 없이 떨어지다가 깨달은 뒤에는 가루가 되어 부서져 있을 것 같다는 이미지들이 떠올랐어요. 제가 그런 것이 아니라 낙엽 하나가 그렇게 전해주었어요. 그렇다면 종말이 올까. 아직 도시는 파멸하지 않았죠. 언제나 인간의 문명이 그래왔던 것처럼 종말의 전조와 붕괴의 징후들만 보여요. 구와 저의 관계는 끝났어요. 저는 지금도 그를, 그와 함께 했던 시간과 공간들을 기억하고 추억하지만 구도 그럴지는 모르겠어요.

구를 생각해요. 자신이 없다고, 자기 가족과 친구들이 나에 대해 아는 것이 두렵다면서 그만 만났으면 좋겠다고 말했던 그를 생각해요. 전 그를 진심으로 아끼고 사랑했어요. 미워할 수 없었어요. 그래, 네 마음이 편하다면 네가 하고 싶은 대로 네가 가고 싶은 대로 가라며 그를 놓아주었어요. 시간이 지나도 구가 있던 자리는 여전히 비어 있네요. 그랬던 구를 떠올리자면 전 제가 만날 사람에게 자신이 없다는 말로 두려움이라는 감정을 앞세워 대하고 싶지 않아요. 전 제 질병 사실 때문에 사랑할 권리를 잃지 않을 거예요. 사랑은 저의 힘이거든요. 나를 뜨겁게 하고 일으키고 살게 하는 힘이요. 그래서 그에게 고마워요. 그가 나를 두고 떠나갈 때의 그 감정이 지금 저에게 다시 사랑할 수 있을 거라는 믿음을 주니까요.

제가 HIV에 감염된 건 그 사람 때문이 아닐지도 모르겠네요. 만약 그 사람이 지금 감염인이라면 저로 인해 감염된 것인지도 모르는 일이니까. 어떤 새벽과 밤의 시간들을 생각해요. 제 침대 위에서, 한남대교를 달리는 차 안에서, 지하철 역사 화장실 안에서도 함께했던 하얀 가루와 싸한 연기들이 있었어요. 걸음은 느려지고 빛들은 선명했으며 소리는 맑게 들렸어요. 제 몸이 느끼는 시간은 잠에 빠져드는 사람처럼 천천히 하지만 깊게 흘러갔어요. 약간의 흥분과 편안함이 교차했어요. 몸은 떨려왔고 발작적으로 경직된 다리는 튀어나가듯 위로 올라가기도 했어요. 저는 어미 새가 품고 있는 부화를 기다리는 알이기도 했고 서늘한 바람 아래로 떨어지는 한낮의 태양이기도 했어요. 그런 시간들을 함께했던 남자가 있어요. 그 남자의 손가락 하나만으로도 온몸이 깨지기 직전의 흔들리는 유리처럼 자극을 받았어요. 핏속으로 전류가 흐르는 것 같았던 침대 위의 시간들. 콘돔을 씌우지 않은 그 남자의 성기는 내 엉덩이 안에서 기어다니는 한 마리의 뱀이었어요. 그 뱀은 얼마나 천천히 그리고 오랫동안 나의 어둠 속을 기어다녔던가. 그때였는지도 모르겠어요, 제게 이 병이 찾아온 것은.

점점 약을 복용하는 것에 피로감을 느껴요. 살기 위해 약을 먹는 게 아니라 점점 약을 먹기 위해 살고 있다는 기분이 들거든요. 가끔은 치료를 중단하고서 변화가 찾아올 내 몸의 이상 징후를 관찰해보고 싶다는 생각도 해요. 바이러스는 어떤 속도로 증식하는지, 면역력은 어떤 주기로 떨어지는지, 내가 이 병을 두려워해야 할 이유가 생길 것인지. 푸른 알약 하나를 삼킬 때마다 매일 나락으로 떨어지고 싶은 내 의지와 싸우고 있다는 것을 사람들은 짐작하지 못할 거예요.

방황하던 시간들도 생각이 나요. 머물 곳이 없어 아파트 옥상이나 계단, 집 밖의 거리에서 잠들었던 어린 나. 때로는 사람들이 새벽기도를 올리던 교회 예배당을 전전하며 떠돌아다녔던 시간들을 생각하니 부모님 얼굴이 떠올라요. 모든 게 나를 방치하고 거리로 내몰았던 그들의 잘못이라는 원망이 들어요. 제가 병에 걸린 것은 제가 사랑받지 못했기 때문이다, 그래서 나 자신을 사랑하지 못해 날 함부로 대하는 손가락들에게 나 자신을 허락했기 때문이다, 차라리 처음부터 내게 집이 없었다면, 부모가 없었다면 나 자신을 보호하기 위해서라도 모든 관계를 조심했을 텐데. 나 자신을 아끼며 사랑하려고 더 노력했을 거예요. 그랬다면 저는 병의 두려움이나 병이 주는 상실감으로부터 자유로웠을지도 몰라요.

가족이라는 것은 제게 울타리가 아니었어요. 모두 태워 사라지게 하고 싶은 죄와 수치심의 기억들뿐이에요. 내 앞에서 다 사라졌으면, 내 기억에서 나가 없어졌으면 좋겠어요. 처음부터 제게 없었던 것처럼. 그리고 나도 당신들에게 없었던 것처럼. 우리 앞에 남겨진 원망과 증오의 시간들을 피하기 위해서라도 말이에요.

아니야, 다 거짓말이에요. 두통, 설사, 무기력감, 피로를 느낄 때면 전 집으로 가고 싶었어요. 다섯 살의 내 엄마 아빠의 그 아이로 돌아가고 싶었어요. 집에 가서 누워 있고 싶다고 생각했어요. 불 꺼진 집. 열린 창밖으로 들리는 거리의 소음과 빛들만 내 곁에 있었으면 좋겠다, 아니면 바닷가에 가서 한 달 동안 지내보면 좋겠다는 생각을 해요. 바다가 내려다보이는 집. 파도 소리. 밤이면 내 몸도 집도 바다와 하늘도 어둠 속에 잠겨드는 바닷가예요. 고요함. 일정한 규칙성을 보이는 파도와 바람 소리. 그 사이에 혼자 있고 싶어요.

가끔은 막힌 강물이 길을 찾아낸 것처럼 터져나와 흘러내려요. 전 참을 수 없어요. 제가 떠돌아다니며 사랑받지 못했던 시간들이 기억나 견딜 수가 없어요. 나의 가족들, 친구들, 과거의 기억들과 나 자신을 생각하는 것만으로도 머리가 아프고 속에서 구토가 치밀어 올라요. 제게 남은 생의 시간들을 잘라버리고 싶어요. 어제 저는 약을 먹지 않았어요. 그리고 오늘도 먹지 않을 거예요. 내일도 약을 먹지 않을래요.

긴 밤, 새벽 시간에 저는 좁은 골목길을 걷고 또 걸을 거예요. 그렇게라도 하지 않으면 피가 내 몸을 뚫고 사방으로 솟구칠 거 같아요. 분노로 몸이 떨려요. 전 계속 욕을 중얼거리며 걸을 거예요. 낮시간에 사람들이 만나는 저는 그림자예요. 저는 외롭고 상처받은 영혼의 그림자에 숨어 있었고 그들을 만난 적이 없어요. 내 생은 내 그림자의 시간이었고 저는 거기에 없어요.

저를 향한 엄마의 눈빛이 보이는 거 같아요. 날 그렇게 쳐다보지 말아요. 내 방문을 열고 들어오지 말아요. 난 당신의 삶을 이해하지만 당신은 나의 삶을 이해할 수 없어요. 엄마는 나에게 나무였어. 거칠고 단단한 껍질로 연약하고 부드러운 자신의 속살을 감추고 살았어. 모진 말과 삶의 고난에서 쓰러지지 않고 당신의 영혼 깊이 단단히 뿌리

박고 살았어. 날 그렇게 쳐다보지 말아요. 내 마음에 불안과 동요를 일으키지 마요. 따뜻한 말 한마디가 당신의 입에서 나올 때면 나는 바닥에 누워 울고만 싶어요. 쓰다듬어주지 말아요. 내 방문을 닫고 영원히 열지 말아요. 당신과 떨어져 있던 시간들, 당신과 내가 서로의 삶을 외면했던 시간들이 생각나요. 그러면 난 악을 쓰고 억지를 부리며 소리치고 싶어. 내 알약들, 하수구에 모두 쏟아버리고 나 자신을 불태우고 싶어. 엄마, 이제 서로를 떠날 준비를 해요. 당신은 이제 나무가 아닌 열매와 씨앗이 되고 난 재로 사라질 준비를 해요. 안녕, 나의 엄마.

검은 얼굴

나는 말하기를 생각하고 있어.

어떤 말들은 단어를 생각하는 것만으로 마음이 무거워져 목에 걸린 듯 소리로 뱉어지지 않아. 힘겹게 입을 열어 말하기 시작하면 의식하지 않고도 모든 것을 비워낼 것처럼 끊임없이 쏟아내는 나 자신을 보게 돼. 말의 갈피도 방향도 잃어버린 채로 말이야. 한참을 떠들고 나면 누르고 닫고 쌓아두었던 말의 자리가 비어 있는 것을 알게 돼. 말하는 자리와 듣는 이들에 따라 이 빈자리는 온기의 감촉으로 채워지기도 하지만 맨살을 긁고 또 긁어내서 살과 속을 헤집어 파내는 느낌도 들어.

말한다는 것, 자신의 기억을 타인에게 들려준다는 것은

치유의 경험이 되기도 하지만 상처를 건드려서 덧나게 만드는 일이기도 해.

HIV 감염 이후 한 신문사와 인터뷰를 하고 HIV 감염에 대해 말하는 토크 콘서트를 연 것은 나 자신의 감염 사실을 가볍게 생각했기에 가능했던 일이야. HIV에 대한 혐오의 언어는 아직 그대로지만 1980~1990년대처럼 이 바이러스를 직접적인 죽음으로 말하는 시대는 지나갔고 의학 기술의 발달로 간소화된 치료 방식을 누리는 세대인 영향도 있을 거야.

2014년 1월 25일 서울 성북구에 위치했던 카페 별꼴에서 열린 HIV 감염 토크 콘서트에는 많은 사람이 찾아왔어. 실내에는 빈자리가 없었고 자리가 없어 들어가지 못한 사람들이 카페 앞길에 줄지어 서 있기도 했어. 그들 중엔 익숙한 얼굴들도 있었지만 신문 기사를 보고 찾아온 낯선 이가 다수였어.

외국에서 연락이 오기도 했어. 미국에서, 필리핀에서 영문 기사를 보고 내게 이메일을 보낸 사람들이 있었지. 내가 받은 관심과 응원에 감사함을 느꼈어. 그리고 동료 감염인들에게는 부채감을 갖게 된 시간이기도 해.

그런 얘기를 종종 전해 들었거든.

부럽다. 자신의 감염 사실을 공개적으로 말할 수 있고 사람들의 응원을 받는다는 것이 너무 부럽다. 나는 생각해보지 못한 일인데.

무엇이 그들을 말하지 못하게 만드는 걸까. 그들이 가진 삶의 무게 앞에서 HIV를 가볍게 여겨왔던 나 자신의 태도에 미안함과 스스러움을 느꼈어. 내가 받았던 환대만큼 동료 감염인들을 위해 목소리를 내야 한다는 생각을 하게 됐어.

하지만 그 시기엔 늘 의문이었어. 내게 용기 있다고, 용기 있는 내 태도를 보고 힘을 얻는다고 말했던 사람들을 난 이해하지 못했고 지금도 마찬가지야.

단지 나 자신의 한 부분을 말했을 뿐인데 그걸 용기 있는 행동이라 말하는 것이 이상한 일이라 생각했어. 애초에 차별의 말과 혐오의 시선들이 없었다면 HIV를 말한다는 것이 어려운 일이 되기나 할까. 난 겁이 많고 나 자신을 숨기고 가리다가 예민해지기 쉬운 사람일 뿐인데 그런 내가 용기 있다는 소리를 듣는다는 것이 우스운 일이라는 생각이 들었어.

그러던 어느 날 저녁에 HIV/AIDS 인권연대 나누리+ 활동가로부터 연락이 왔어. 수동연세요양병원에서 치료

방치로 인해 사망하셨던 분의 1주기 추모제를 여니 그 자리에서 추모 시 한 편을 낭독해주면 좋겠다는 전화였어. 난 그러겠다고 대답했지만 전화를 끊고 나니 얼굴도 모르고 이름도 모르는 사람을 위해 어떤 글을 쓸 수 있을지 몰라 망연했어. 그저 그 사람의 이름이 참 특이하다는 생각을 했어. 이름이 무명이라니.

그때는 치료를 받지 못해 억울하게 돌아가셨던 분을 떠올리면서 글을 쓸 때 어두운 밤하늘에 떠 있는 별을 생각했지.

빛나기가 다른 별들과

깊이가 다른 바다들이 있어

엄마는 우주에 떨어진 별 하나

자신의 바다에 담으면

별은 두 다리로 땅을 딛고 일어서네.

별들은 한 해의 생을

지구를 빛내기 위해 머물다

몸이라는 허물을 벗고 우주로 떨어져

어둠을 밝히기 위한

또 다른 별이 되지

인간의 운명이란 병에 걸린

별 하나 있었어.

기대 없는 내일에 대한 두려움

그림자에 어린 죽음과

자기 의지와 다르게

변하는 몸에 대한 불안함

병원 침대 위에 별이 누워 있을 때

거기 인간의 운명이 놓여 있었네.

별은 지구를 떠나고 싶지 않았어.

여기 어딘가에 남아 빛나고 싶었어.

아픈 몸으로도

생에 대한 의지는 뜨거웠지.

인간들에게 별은 버려야 할 쓰레기였고

별을 침대 밖으로 나오지 못하게 했어.

별은 떠나야 했네.

다시 우주에서 빛나는 별이 되었어.

빛 하나 꺼진 그해 8월

지구는 어두웠고 인간의 삶도 어두워졌네.

어두워진 지구에 곰팡이가 피어

인간의 삶은 얼룩으로 더럽혀졌지.

타인의 고통

살아 있는 것의 아름다움을

살아 있음은 소중히 여겨져야 한다는 게

지구에서 지워져가던 것이

별이 지구에서 버림받고 나서였지.

그때 8월

한 병원의 침대 위에서

별이 우주로 떨어질 때

추모제에 도착해서야 나는 김무명의 무명이 이름 없음의 무명이라는 것을 알게 됐어. 영정 사진에는 얼굴이 아닌 검은색 종이로 만들어진 음영만이 있었어. 죽어서도 이름을 밝힐 수 없어 김무명이 된 남자. 영정 사진이 없어 액자에 검은 음영으로 남겨진 김무명을 보면서 평등하지 않은 사람들의 삶은 죽음에 이르러서조차 평등하지 못하다는 것을 실감했어. 돈으로는 천국에 들어갈 수 없을지 몰라도 죽음 앞에서마저 삶의 계급에 의한 차이는 확연했지. 누군가의 죽음은 위로와 기도를 불러오지만 그런 사람들보다 외면받고 지워지는 이들의 죽음이 절대적이라는 것도 알았어. 아픈 사람을 치료하고 보호할 의무가 있는 이들은 그를 방치해 죽음으로 밀어넣었는데도 그의 죽음에 대해 책임 있는 사과 한마디 한 사람이 아무도 없었어.

그날, 충정로 국민연금공단 앞에 모였던 우리는 고故 김무명의 추모제를 마무리하면서 하얀 종이비행기를 접어 하늘로 날려 보냈어. 함성을 질렀지.

다시는 이런 아픔이 되풀이되지 않기를 바라면서, 국가의 책임에 대해 질문하면서 하늘 위로 올린 수십 개의 종이비행기는 수 초의 시간이지만 허공을 부드럽게 날고 있었어.

하지만 곧 바닥으로 떨어졌지. 내가 늘 마주해왔던 밑바닥의 그늘에.

충격을 받았다는 말로는 부족한 거 같아. 추모제 이후 한 사람의 소식*을 전해 받고 화도 낼 수 없는 무기력함에 빠져버렸어. 수동연세요양병원에 계셨던 분이야. 「추적60분」이라는 시사 프로그램에도 나와 증언을 하셨었어. 수동연세요양병원에서의 생활에 절망을 느껴 목을 매 자살 시도를 하셨고 그날 밤 병원에서 쫓겨났던 분의 이야기야.

그분은 돈을 벌기 위해 20년간 배를 탔는데 한국으로 돌아와 에이즈 확진을 받고 나서 남은 건 오로지 아픈 몸과

---

* https://www.hani.co.kr/arti/society/society_general/618165.html.

텅 빈 주머니뿐이었던 거야. 수동연세요양병원에서 9개월
의 입원 기간에 그는 더 이상 자신이 할 수 있는 일과 소망
할 수 있는 일이 없다는 것을 알고 절망감에서 헤어나오기
힘들었다고 하셨어.

수동연세요양병원에서 나와 서울쉼터에 계실 때는 매일
몇 차례씩 밖에 나가 걷는 연습을 하셨다고 해. 수동연세요
양병원에서는 재활치료도, 산책도 할 수 없어서 휠체어만
타고 다니다보니 몸이 더 굳어버린 거지. 걷는 연습을 하면
서 계단에서, 언덕에서 구르기가 수십 번이라고 하셨어. 그
러면서도 자신이 걷게 되면 수동연세요양병원에 남은 환
자들이 불쌍하니까 꼭 보러 갈 거라고 하셨어.

서울쉼터에서 나와 고시원으로 들어가셨는데 계단이나
언덕을 오르내리는 것이 여전히 쉽지 않아 우울감에 빠져
버렸나봐. 기초생활수급비로 고시원 생활을 하시면서 생
활고와 고독감도 매우 크셨던 거 같더라고.

그러고는 얼마 후에 가족을 찾겠다며 고향 근처에 내려
갔는데 배를 탔던 시간 동안 고향은 다 변해버렸으니까 가
족을 찾을 만한 단서를 발견하지 못해 바다에 뛰어들었던
거야. 지나가던 누가 구해줬나봐. 그런데 돈이 없어서 버스
터미널 근처 공터에서 노숙을 하시고 서울에 돌아오셨는

데 그 후 정읍에 있는 여관방에서 번개탄을 피워놓고 세상
을 떠나버렸어.

처음엔 「추적60분」 촬영을 거절하셨다고 들었어. 이제
그만하고 싶다, 다 의미 없다면서. 그러다 미리암 수녀님의
부탁으로 촬영에 응하셨는데 그때도 만나는 사람들에게
말씀하셨더라. 세상 끝이다, 이렇게 살아서 뭐 하냐고. 그
렇게 가버리신 거야.

그분이 가시기 전에 수동연세요양병원에 같이 있었던
형을 찾아갔다고 그러더라. 그리고 그 형에게 처음으로 말
한 거야. 고기 좀 사달라고. 그랬는데 그 형이라는 분도 지
갑에 1만 원조차 없으니까 고기는 다음에 먹자며 거절하신
거야. 미안한데, 마지막으로 가기 전에 고기조차 못 사줘
서. 고기도 못 먹고 가서 불쌍하다고 하셨어.

고기가 뭐라고. 한 끼 고기 먹는 게 어려운 사람들이 있
다는 걸 나는 생각도 못 하고 살아왔는데. 질병을 더 가혹
하게 만드는 건 가난이겠지.

그분은 행정 서류에 가족이 없으니까 주민등록상 주소
지인 고시원이 속한 광진구청으로 무연고자 처리가 되어
화장이 되었어. 그분이 돌아가실 때 휴대전화 연락처에는
단 세 명이 있었다고 하더라. 모두 같은 질병으로 연결된

사람들이었어.

그분의 재는 무연고자 납골당에 안치되어 있는데 10년 간 그의 죽음을 공시하는 사이에 가족이 나타나 인계하지 않으면 최종적으로 무연고자 죽음으로 처리된다고 해. 거기가 어디인지는 나도 그리고 HIV/AIDS 감염인 단체의 활동가들도 몰라. 그의 가족이 아니니까.

시간이 얼마 남지 않았네. 그분이 돌아가시고 10년의 시간을 채워가는 게.

죽어서도 외롭게 혼자 남겨진 10년이라는 시간이 더 생겼을 뿐인 거겠지, 그에게는.

죽음을 기억하는 가족이 없고, 죽음을 애도하고 위로할 수 있는 자리조차 주어지지 않은 그의 죽음을 겪고 나서 생각하게 되었어. 나라도 감염인들의 이야기를 들어야겠다, 그들의 이야기가 사라지지 않게 내가 듣고 그들의 이야기를 사람들에게 들려줘야겠다고. 그래서 내 감염 사실에 관한 기사를 보고 연락을 줬던 감염인들을 만나게 되었지. 그들은 나이도, 사회적인 위치나 처한 상황도 다 다르지만 한 가지는 똑같더라. 얼굴을 드러낼 수 없다는 거.

그들은 모두 같은 검은 얼굴이었어. 어둠도, 그림자도 아니야. 존재하면서도 존재하지 않는 사회의 유령들인 거야.

1985년 출생.   2017   HIV 양성
1989년 출생.   2016   HIV 양성
1988년 출생.   2016   HIV 양성
1993년 출생.   2017   HIV 양성
1982년 출생.   2009   HIV 양성
1968 – 2015
1966년 출생.   2004   HIV 양성
1964년 출생.   2010   HIV 양성

2부

김무명

1985년 출생.
2017 HIV 양성

난 어릴 때부터 선생님이 되고 싶었어. 남들도 아는 정보를 전달하는 사람이 아니라 나만의 고유한 시각으로 진실을 전달하는 전달자가 되고 싶어서.

난 감염 사실을 받아들이기까지 남들처럼 힘들지는 않았던 거 같아.

언젠가 나도 감염될 수 있지 않을까 생각했었어. 게이들과 이 바이러스는 교집합 부분이 있다고 여겼으니까. 외국인과 만나기도 했고. 게이 사우나에선 어두운 공간에서 서너 번씩 콘돔 없이 하기도 했고. 물론 거기서 걸렸다고 단정할 순 없지.

의심되는 한 사람이 있는데 그 사람이 날 감염시켰다고

해도 난 원망하지 않아. 누굴 탓하겠어. 내 선택인데. 누군 가를 탓할 수 있는 그런 일이 아니잖아.

감염 확진을 받았을 때 충격을 받긴 했지. 컴퓨터 모니터 를 보는데 화면이 뿌옇더라고. 일도 잘 안 되고.

물론 그때도 난 올 것이 왔다고 생각했지. 그런데 막연한 공포심이 생기는 건 어쩔 수가 없었어. 의학적인 지식과 바 이러스에 감염되고 나서 체감하는 심리적인 공포는 다른 거니까.

죽음과 맞닥뜨린 느낌이었어. 내 인생이 이제 낮에서 밤 으로 잠겨드는구나. 그래서 인천으로 노을을 보러 갔었어. 서해바다의 노을이 보고 싶더라고.

노을은 밤을 맞이하기 전의 시간이잖아. 그걸 내 눈으로 봐야겠다고 생각했지. 난 노을이 아름답다고 생각했어. 작 년 겨울이었어. 목포 앞바다에서 노을을 봤는데 너무 아름 다웠어.

하늘의 공기를 바꿔버리는 그 색감이 너무 예뻐서 바다 에 빠져 죽은 사람들은 노을을 보다 죽은 게 아닐까 하는 생각이 들었지. 지는 노을을 잡으려고 바다에 뛰어든 게 아 닐까 하고.

그런데 바뀐 거야, 노을을 바라보는 내 시선이. 아름다웠던 노을이. 본능적으로 아름답다고 생각했던 그 노을이.

인천 앞바다에서 노을을 보다가 절벽 난간의 철제 펜스를 붙잡고 울어버렸어. 눈물이 터져 나오더라고.

감염 이전에는 자살에 대해 생각한 적이 많았어. 내가 꽤 예민하거든.

스트레스도 크게 받고 그걸 감당할 수가 없으니까 회사에 있다가도 창밖으로 뛰어내리고 싶다는 그런 생각을 자주 했어.

감염된 이후에는 자살을 생각할 수가 없더라고.

내가 죽고 나면 엄마가 내 감염 사실을 알아버리는 건 아닐까 그런 생각을 한 거지.

엄마에게 HIV에 감염된 자식을 둔 게 나을까, 자살한 자식을 둔 게 나을까.

둘 중 슬픔의 무게는 어떤 게 더 무거운 걸까.

더 가벼운 선택을 해야겠다는 생각을 한 거야. 난 엄마에게 짐이 되고 싶지 않거든.

지금도 잘 숨기며 살고 있으니 앞으로도 잘 숨기면서 살면 되니까.

1989년 출생.
2016 HIV 양성

하나님께 뭔가 잘못된 것 아니냐는 질문을 얼마나 많이 했
는지 모르겠습니다.

문란함은 상대적이고 절대적인 기준이 없지만 횟수로
문란함을 말할 수 있다면 전 그것과는 거리가 멀다고 생각
하며 살아왔습니다.

한동안은 거울을 보는 것도 사람들을 만나는 것도 싫었
습니다.

거울 속엔 내 지난 삶에 대한 후회가 있었고 사람들을 통
해선 그들과 달라진 내 삶의 모습을 생각하며 절망과 슬픔
을 느꼈습니다.

부모님을 찾아갔던 어느 금요일 밤이 생각납니다. 전 그
날 잠을 이루지 못했습니다.

적막한 새벽. 어두운 방에 누워 방문의 틈과 창으로 새어

들어오는 빛을 보았습니다.

좀처럼 가라앉지 않아 귓가에 요동치던 심장 소리를 견디고 있었습니다. 그 소리가 너무 컸던 나머지 문 닫힌 저의 방이 흔들리는 것 같았습니다.

하나님께 말했습니다. 제게 왜 이렇게까지 하시는 겁니까. 전 정말 열심히 살아왔고 당신의 이름을 충실히 불러왔습니다. 제 과거에 잘못이 있다면 다시 한번 바로잡을 기회를 달라고 기도했습니다.

부모님과 동생이 나가고 아무도 없던 집 거실에서 저는 가족사진을 보며 울었습니다. 가족사진을 품에 안고 흐느꼈습니다. 미안합니다. 당신들의 아들이, 당신들의 아들이 이렇게 되어 미안하다고. 얼마나 많은 눈물을 흘렸는지 모르겠습니다.

지금 전 다시 기도를 합니다. 하나님께서 제가 보지 못했던 것들을 보며 아름다움을 배울 수 있게 해주신 거라고. 제가 사랑하는 사람들과 제 몸을 더 보살피고 사랑할 수 있게 해주셔서 감사하다고.

요즘도 가끔씩 가족사진을 보면 그날 밤과 새벽의 빛과 심장 소리가 떠오릅니다.

그러면 전 멍해지고 불안했던 마음과 슬픔을 기억해냅

니다. 그래도 감사합니다. 하나님은 저와 함께 계시다는 걸
전 믿기 때문입니다.

1988년 출생.
2016 HIV 양성

난 아무에게도 말하지 않을 거예요. 이전에도 그랬고 앞으로도 그럴 거예요. 누군가 나에 대해 알아버릴까 무섭거든요. 생각만으로도 끔찍한 일이에요.

견디기 어려울 거예요.

그런데 당신한테는 말하고 싶었어요. 나도 당신과 같다고.

당신에겐 나도 같은 사람이라고 알리고 싶었어요.

내가 하는 일에 대해선 적지 마세요. 알잖아요?

내가 하는 일은 그 자체만으로도 더럽게 여겨지기 쉽고 하찮은 취급을 받기 쉽다는 것을.

내가 HIV 감염인이라는 것이 알려지면 난 두번 다시 일할 수 없을 거예요.

모두 날 욕하고, 손가락질하고, 난 쫓겨나고. 내 인생엔 밑바닥만 남겠죠.

상상할 수도 없고 하고 싶지도 않아요. 그런 상황이 내게 일어난다는 것을.

참 우스운 일이에요.

정숙하지 않은 여자를 만나기 위해 찾아오면서 깨끗한 몸이길 강요한다는 것은.

한 사람이 생각나요.

4년 동안 만났던 예전의 남자친구요.

우린 같이 살았고 우습게도 난 그 시간 동안 사랑이라는 것을 믿었어요.

그런데 어느 날 보건소에 보건증을 찾으러 갔다 피검사를 받았는데 HIV 양성 확진 판정이 나오더라고요.

미쳐버리는 줄 알았어요. 내 남자친구가 날 감염시킨 것은 아닐까. 아니면 내가 내 남자친구까지 감염시켜버린 것은 아닐까.

그렇다면 그는 자신이 감염된 것을 알고 있는 걸까, 아니면 모르고 살아가는 걸까.

지금도, 시간이 지난 지금도 생각해요.

누가 누굴 감염시켰는지는 중요하지 않아요.

혹시라도 그 사람이 감염되었다면, 감염인으로 살아간다면 약은 잘 먹고 있는지 걱정될 뿐이에요.

1993년 출생.
2017 HIV 양성

나 이 바이러스 때문에 힘들었던 기억이나 고민이 떠오르지 않아요. 그랬던 적이 없거든요.

친구들에게도 말했어요. 다들 괜찮다고. 괜찮을 거라고. 치료제만 잘 먹으면 된다고. 완치제도 곧 나올 거라고 말해 줬어요.

기억을 더듬어보니 불쾌했던 한순간이 떠오르네요. 확진 판정을 받고 보건소에서 상담을 받았던 적이 있어요. 상담사가 제게 했던 말이 생각나요.

난 사실 동성애자들을 혐오해. 그러니 넌 앞으로 문란하게 섹스하지 마.

그래야 나 같은 사람들의 인식이 좋아지지 않겠니?

네 어머니께도 얘기해. 네가 내 아들 같아서 하는 말이야.

난 겁에 질려서 말할 수 없다고, 말하지 않을 거라고 했어요.

그때 그분은 제게 이렇게 말했어요.

네가 어머니께 말하면 네게 많은 도움이 될 거야.

난 문란하게 놀지도 않았어요. 단지 만났던 몇몇 사람과 콘돔을 사용하지 않고 했는데 어느 순간 걸려 있더라고요.

입안에 난 한두 개의 구멍이 세 개, 네 개.

그때 본능적으로 알아버렸던 거 같아요. 이상하다, 내 몸이 달라진 거 같다.

한동안 매일 같은 꿈을 꿨어요. 악몽에 시달리며 잠에서 깼죠.

제가 정말 사랑했던 한 사람이 있는데 제가 확진 판정을 받았을 땐 헤어졌었거든요. 혹시라도 나 때문에 그 사람이 감염돼버린 건 아닌지 불안하고 걱정됐어요.

매일 밤 꿈에서 그 사람과 전 엘리베이터를 타고 위로 올라가고 있었어요. 그러면 그 사람은 꼭 15층에서 먼저 내렸어요. 그 사람이 내리고 엘리베이터 문이 닫히면 전 엘리베이터와 함께 추락했어요.

스트레스가 너무 심해서 그랬는지 나중에는 혀의 감각들이 사라졌어요. 미각이 마비되어서 맛이라는 것을 느낄 수가 없었어요.

다행히 너무 감사하게도 저 그 사람과 다시 만나요. 예전에 주지 못했던 사랑을 더 많이 줄 거예요.

단지 새로운 고민이 생겼어요. 이 바이러스에 감염된 이후에 처음으로 생긴 고민이네요.

우리 사랑의 방식이 달라질 수밖에 없다는 거. 앞으로 달라진 사랑의 방식을 어떤 방법으로 풀어나갈지, 그게 저의 처음이자 유일한 고민이 될 거 같아요.

1982년 출생.
2009 HIV 양성

1998년도였던가, IMF가 오고 아버지 사업이 부도났던 게.

우리 가족은 10년 동안 빚만 갚으며 살았어. 그런데 그 빚을 다 갚고 나니까 허망하달까, 허무함이 밀려들어왔어.

내 삶에 껍데기가 있다면 그 안에 허무함만 있는 거야.

그 감정을 어떻게 할 수가 없더라고. 죽어야겠다고 생각했어. 죽기로 마음먹고 나니까 술이나 마셔야겠다고 생각했지.

빚 갚고 남아 있던 내 돈을 술 마시는 데 다 써버렸어.

아침에 일어나면 술. 늦은 아침을 먹고 한낮의 시간에도 술. 저녁이 오면 다시 술.

나에게도 꿈이 없었던 건 아니야. 난 노래하는 사람이 되고 싶었거든. 내 목소리는 악기인 거고 다른 악기로 음악하는 사람들과 함께 살고 싶었어. 그런데 그런 꿈도 허무함 앞에선 아무것도 아니더라고. 그저 지워지지 않을 거라 생각했던 옷의 얼룩이 말끔히 지워진 거하고 똑같아.

매일 술을 마시니까 몸이 남아나질 않더라. 이제 죽을 일만 남았겠구나 생각하고 있었지.

그런데 일본에서 결혼해 살고 있는 친구에게 연락이 온 거야. 서울에 온다고. 보고 싶다고. 죽기 전에 그리운 한 사람은 보고 가겠구나 싶었지.

그 친구와 같이 교회를 갔어. 그 친구가 내 등에 손을 얹더니 날 위해 기도하는 거야. 갑자기 눈물이 나더라고.

아까 말했지. 내 삶에 껍데기만 있다면, 비어 있었던 그 껍데기가 따뜻함으로 채워지는 거야.

그때 나 이제 이렇게 살면 안 되겠다는 생각을 했어.

어지럽혀놓은 내 과거를 정리하고 싶었어. 그러면서 피 검사도 받아야겠다고 생각했어. 제자리로 돌아가는 길에 내 피도 깨끗한지 확인하고 싶었던 거야.

그런데 걸려 있더라고. HIV에 감염되어 있던 거야.

충격 같은 건 없었어. 아마 긴 시간 동안 날 내려놓고 살아왔으니 더 내려놓을 것도 없었던 거지.

좋아하는 찬송가를 틀고 따라 불렀어. 불을 내려주소서 란 곡이야.

가사가 날 희생해서 자기 자신을 버려 온전한 헌신과 희 생으로 꺼져가는 타인의 삶을 구원하게 해달라는 그런 내 용이거든.

HIV 감염인들을 만나서 그들의 얘기를 듣고 위로해줘 야겠다는 일종의 사명감이 생겼었어.

내가 내 친구로부터 위로를 받고 죽어 있던 삶에서 다시 살아났잖아?

이제 와서 생각해보면 참 어리석었어. 정말 힘들었어.

내게 아프다고, 힘들다고 말했던 그 사람들의 감정이 내 안에 쌓여서 풀 수가 없더라고. 그래서 또다시 술을 찾고 방바닥을 뒹굴며 죽어야겠다는 생각을 했지.

그들 중엔 어린 친구들도 있었고 노인도 있었고 여성분 도 있었고.

다들 내게 주는 감정은 비슷했어. HIV에 감염된 사람들 이 갖는 전형적인 공포랄까. 그 공포로 느끼는 정서적인 압 박감이랄까.

어떤 한 남자는 양성애자였어. 기혼이었고 자식도 있는 데 HIV에 감염된 거지.

공포에 질려 있었어. 매일 매 시간 내게 전화를 했어.

무섭다. 불안하다. 지금 아내가 HIV 검사를 받으러 갔다.

또 다른 남자는 60대 분이신데 그분도 양성애자였어.

내가 감염된 건 다 동성애자들 탓이다. 난 당신들 때문에 감염됐어. 너희가 날 감염시켰어. 앞으로 너희는 섹스하고 다니지 마.

지금 생각해봐도 내가 왜 내 감정을 소모하면서 그들과 연락하며 지내왔던 건지 참 웃기는 일이야.

감염 이전의 시간으로 돌아가고 싶다는 생각은 하지도 않아. 단지 감염 이후의 시간, 처음의 그 시간으로 돌아간 다면 난 그들에게 말하고 싶어.

어리광 부리지 말라고. 징징대는 거 보기 싫다고.

그들을 위해서 기도하는 일도 없을 거야.

그래도 여성 감염인분들을 위해선 가끔 기도해.

그들은 감염인들 안에서도 소수니까.

같은 감염인이라고 하지만 여성 감염인들은 더 힘들고 고통이 큰 거 같아서.

그들을 위한 기도는 가끔 하는 거야.

1968 – 2015

아침이면 병실과 복도에 찬송가가 울리던 것이 기억나.
밤 9시가 되면 모든 불이 꺼진다는 것도.

우린 병원 밖을 나가면 안 되는 사람이었어. 에이즈 환자
들이 있다는 소문이 나면 안 된다고 간호사들한테 혼이 났
으니까.

에이즈라는 말조차 꺼내면 안 되었지. 쫓겨날 수도 있다
고. 그때의 그 감정이 아직도 생생해. 우린 갈 곳이 없고 치
료가 필요해서 온 사람들이었는데 거긴 병원이 아니라 수
용소였어. 병실에 진드기가 있었고 침대 옆을 지나가는 쥐
도 보았어. 우린 제대로 씻을 수도 없었어. 머리카락도 다
밀어야 했어. 거긴 안 그래도 추운 곳인데 머리카락이 없으

니 더 춥게 느껴졌던 것도 기억나.

예배 시간도 기억해. 몸을 잘 움직이지 못해 휠체어에 묶여 있던 사람도. 예배에 참석하면 사진을 찍는 사람이 있었다는 것도.

거긴 사람을 치료해주는 곳이 아니었어. 아마 거기에 있던 대부분의 환자는 요양원으로만 알고 있었을 거야. 거기서 사람들의 아픈 몸이 더 나빠지는 건 봤어도 치료를 받아 좋아진 모습을 본 적은 없으니까.

내 옆방엔 인천에서 오셨던 할아버지가 계셨어. 뇌가 좋지 않아 말도 잘 못 하시는 분이었는데, 외부에서 시찰을 온다고 해서 그 할아버지를 강제로 휠체어에 태워 운동치료를 한다고 데려갔었어.

그러고는 3일 뒤에 돌아가셨지. 그분이 돌아가신 걸 내가 처음 발견했어.

박모씨도 있었지. 우울증 약을 먹고 있었던 사람이야. 그는 거기에 있으면서 정신이 이상해졌어. 걸으면 몸이 흔들거려서 잘 걷지도 못했어.

이모씨도 있었어. 말도 잘하고 재밌는 사람이었는데 어느 날부터인가 똑바로 걷지도 못하고 말도 못했어.

또 다른 사람은 욕창이 더 심해지고 허리를 쓰기 힘들 정도로 굳어버렸어.

그래, 그랬어. 우린 거기서 그런 사람들이었어. 아프다고 말해도 어디가 아픈지 묻지도 않고 내미는 손을 잡아주지도 않았어. 환자끼리 서로를 위로하고 격려해주기 위해 손을 만지기라도 하면 난리가 났지.

남자끼리 뭐하는 짓이냐고, 환자끼리 뭐하는 짓이냐고 혼이 났지.

그래, 그런 곳이었어. A도 거기에 있었지.

그는 20년간 배를 타던 사람이었어. 그런데 몸에 이상이 온 거야.

몸은 비틀거리고 힘이 없고. 그래서 부산에 있는 병원에 갔더니 원인을 모른다고 해서 서울에 있는 병원으로 갔다고. 서울에 있는 병원에 갔더니 HIV랬대. 거기서 바로 약을 먹고 치료를 시작했다고 하더라고.

그는 처음엔 삶에 대한 의지가 강했던 사람이야.

한평생 몸 쓰며 살았던 사람이 몸이 고장나면 어떤 심정이겠어? 그런데도 그는 자신의 삶을 포기하지 않았지. 그런데 수동연세요양병원에 있으면서 바뀐 거야.

말했잖아. 거긴 사람을 치료해주는 곳이 아니라고.

자살 시도를 하고 나서 그는 수동연세요양병원에서 나

왔어. 쫓겨난 거지.

그러고는 고시원에서 지내다 고향으로 내려가 바다에 뛰어들었다고 하더라.

누나를 찾으러 갔었다고 그랬어. 그는 고아원에서 지냈다고 했는데 아주 어릴 때부터 고아원에 있었던 건 아닌가 봐. 가족을 찾으러 간 걸 보면.

사람은 죽기 전에 그리운 이들을 떠올리잖아. 그래서 고향에 내려갔던 건 아닐까. 그런데 거기서 가족을 찾지 못해 미련 없이 바다에 뛰어들었던 것은 아닐까 싶어.

지나가던 어떤 사람이 구해줬다고 하더라고. 바다에 뛰어든 그를.

거기서 하루 노숙하고 서울에 왔는데 이후에 다시 자살 시도를 한 거지. 그리고 가버렸지.

그는 지금 바다에 있을 거야. 그리고 자기가 탔던 배 위에 서 있을지도 몰라.

그의 누나가 살아 있다면 지금은 누나를 찾아서 만났을지도 모르지. 아니면 그의 누나와 이곳이 아닌 저승에 함께 있을지도 모르는 일이야.

1966년 출생.
2004 HIV 양성

난 자신에게 솔직하다 생각해왔고 지금도 솔직하게 말할 거라 생각하지만 사실 솔직하지 않을지도 몰라. 그저 내가 말하고 싶은 건 내가 뭔가를 잃어버렸다는 거야.

글쎄, 내가 잃어버린 것이 무엇인지는 지금도 잘 모르겠어.

미래가 사라진 걸까? 난 삶의 목표가 없으니까. 뭔가를 잃어버린 거 같은 데 그게 뭔지 알 수가 없어.

친구들과 같이 헌혈하러 갔었는데 그때 알았지, 내가 HIV에 감염되었다는 걸.

내가 자주 가던 식당이 있었어. 부부가 운영하는 식당이었는데 어느 날 밥을 먹으러 갔더니 이 사람들이 내게 아무 말도 안 하는 거야.

처음엔 두 사람이 싸웠구나 생각했지. 그런데 그다음 날에도 날 보고 아무 말 안 하는 걸 보고 느낀 거지. 이 사람들이 내 감염 사실을 알았다는 걸 말이야.

아마도 나와 헌혈하러 같이 갔던 친구들 중 한 사람이 말을 했겠지.

지금도 생각하지만 그때 나와 같이 헌혈하러 갔던 친구들 중 누군가가 악의적으로 내 감염 사실을 주변에 말했을 거라고 생각하지 않아.

아마도 놀라지 않았을까 싶은 거지. 걱정하는 마음에 지금 이 사람이 HIV에 감염되었다고 말한 것은 아닌가 하고 말이야.

지금도 헌혈하러 같이 갔던 친구들과는 연락하며 지내. 그때 만났던 다른 친구들과는 그 누구와도 연락하며 지내지 않지만.

광주에 내려갔었어. 내 고향 근처거든.

광주에 내려갔다는 건 모든 걸 포기했었다는 거야.

자살하러 간 게 아니라 날 내버려두려고 갔던 거지.

약을 먹으면 나중에 힘들어진다고 어떤 사람이 말해서 한동안 약도 먹지 않았어. 그땐 병원에서도 의사들이 약을 끊으면 안 된다는 말을 하지 않았고.

폐렴이 왔는데도 약을 먹지 않았고 대상포진이 왔는데도 3개월 동안 참기만 할 뿐 아무것도 하지 않았어. 그러다형이 찾아왔는데 내 상태를 보더니 날 병원으로 보냈지.

거대세포바이러스 감염으로 한쪽 눈도 보이지 않게 되었어. 두 차례 수술을 했고 꽤 괜찮아졌지만 불편함은 남아있어.

그게 죽고 싶었던 마음인 걸까? 잘 모르겠네. 그때 내가날 내버려둔 게 어떤 기분이었던 건지.

병원에 입원해 있던 8개월의 시간 동안 아무에게도 말하지 않았고 만나지도 않았어. 누구한테 알릴 수도 없고 알리고 싶지도 않았으니까. 지금도 가족들은 내 감염 사실을몰라.

병실 밖에도 잘 나가지 않았어. 혼자 있는데도 시간은 금방 지나가더라.

외롭지도 않았고 어떤 욕구도 없었어. 건강에 대한 불안함만이 있었던 거 같아.

침대 위에 누우면 이런 생각만 들었어. 내가 여기서 죽을지도 모르겠다. 어서 여기서 나가고 싶다.

창밖을 자주 봤어. 쇠창살이 달린 병실의 작은 창 밖으로는 바다가 보였어. 배도 보였고.

아무 생각 없이 봤던 거 같아. 거울 속 내 모습을 봐도 아무런 생각이나 감정이 들지 않았어. 거울에 비치는 모습이 나구나, 저게 나구나 하는 생각만 했을 뿐이야.

그땐 일부러 아무 생각도 안 했던 거 같아. 생각하면 미쳐버릴 거 같아서.

그 시기였던 거 같아, 내가 뭔가를 잃어버린 게. 뭔가 한 가지가 내게서 빠져나간 거 같은 기분이 들었거든.

그거 알아? 사람이 진짜 많이 아프면 아프지가 않아. 아픔을 못 느낀다는 게 아니라 아픔이라는 게 뭔지 생각할 수가 없어지거든.

그때 그 아팠을 때의 기억 때문에 건강에 대한 불안함이 사라지지 않는 거 같아. 마음 한 곳에 계속 가지고 있는 그때의 기억 때문에.

혹시 말이야. 내가 잃어버린 게 빛이 아닐까? 내 삶에서, 내 영혼에서 빠져나갔다고 느꼈던 그 한 가지가 빛은 아닐까?

병원에서 퇴원한 이후로는 지하로 내려가는 게 싫어졌어.

특별한 약속이 없을 때, 그래서 시간에 쫓기는 일이 없을 때 난 버스를 타.

　창밖을 보고 다니자. 어둠 속이 싫어서, 어둠을 보면 그
때 병실 침대에 누워 있던 내가 생각나니까.

　아팠던 그 기억들이 생생하게 떠오르니까 빛이 있는 곳,
환한 곳을 바라보게 돼.

　내가 잃어버린 건 한때 빛나던 과거의 나인지도 몰라.

　그래 빛. 빛나던 나. 내 삶. 내 영혼. 거기에 깃들어 있던
빛.

　어쩌면 더 빛났을지도 모르는 내 미래까지도.

1964년 출생.
2010 HIV 양성

사람의 몸속엔 불꽃이 있어. 난 하나의 불꽃을 보았고 다른 하나의 불꽃을 삼켰지. 아직까지도 선명해. 사람 눈에서 불이 켜지던 그 모습이.

난 일중독자였어. 어릴 때 우리 집이 가난했거든. 밥을 먹는 것도 힘들 만큼 어려웠던 시절이었어. 어머님은 포장마차를 하셨고 난 학교를 다녀오면 어머님 일을 도와드리러 갔었지. 가난에 대한 경험이 날 일중독자로 만든 거 같아. 쉬지 않고 일했어.

그러던 어느 날 허벅지에 종기가 생겼어. 종기가 커져서 병원에 갔는데 수술해야 한다더라고. 그러면서 혈액검사를 받았는데 이튿날 의사가 날 찾더라.

우리 병원은 소독 시설이 안 되어 있어서 환자분을 받기가 어렵다, 큰 병원에 가셔야 한다, HIV 양성이다.

난 일부러 어둠 속을 찾아다녔었어. 게이들이 찾아오는 곳 중에서도 더 어두운 곳.

몸도 내 손으로 만져보기 전까지는 사람의 몸에 대한 상상을 할 수 없을 정도로 어두운 곳.

어둠이 날 감염시킨 거야. 혹시라도 날 아는 사람을 우연히 만날까봐 두려워했던 마음이 날 어둠으로 보낸 거지.

거기서 즐길 만큼 즐겼기 때문에 감염되었다고 힘들게 여겨지진 않았어.

물론 가슴이 철렁하면서 어딘가 높은 곳에서 뚝 떨어지는 그런 느낌은 들었지. 여태껏 살아오면서 느끼지 못했던 센 강도로. 그래도 죽음에 대해 생각해본 적은 한 번도 없었어.

단지 애인에게 어떻게 말을 해야 할까가 고민이었어. 내가 게이로, 남자 동성애자로 사는 것도 힘들었는데. 사람들에게 날 속여야 한다는 것이 참기 어려울 만큼 힘들었는데. 이젠 타인을 속여야 하는 문제가 하나 더 생겼구나.

애인과 헤어져야겠다고 생각했어. 10년 동안 만났던 동생인데 그나마 다행인 건 내가 감염되기 전부터 우리 관계가 소원해져서 섹스 횟수가 줄었다는 거야.

애인이 묻는 거지. 왜 자꾸 날 거부하냐고. 왜 날 형에게
서 끊어내려 하냐고.

서로 헤어지기로 결정하고 나서 집 이사 전날 말해버렸
어. 나 사실 HIV 양성이라고.

그때 그 친구의 눈에서 불꽃이 피어오르더라고.

날 걱정하는 느낌은 아니었어. 자신의 감염 사실에 대한
불안함도 있었던 거 같고, 믿었던 사람으로부터 받은 배신
감에 분노를 느꼈던 거 같아.

그런데 그 친구가 그러더라고. 잠시만 더 형 옆에서 지내
겠다고.

형이 그동안 날 보호해줬으니까 나도 형을 보호해주고
싶다고.

그 시기엔 그 친구 눈치를 많이 봤지. 내 잘못이니까.

숨기는 것도 귀찮고 약을 먹는 것도 번거롭고 그래서 약
을 6개월 정도 끊었어. 그랬더니 기회감염으로 폐렴이 왔
어. 폐렴 치료를 받는데 이상하게 배가 아프더라고. 그런데
병원에서 퇴원하라고 하더라. 내가 혈액암이래. 림프종 말
기라는 거야.

의료진이 보기에 가망이 없었나봐. 난 몰랐는데 감염인

들한테 많이 찾아오는 병이래, 혈액암이.

머리까지, 두개골까지 전이되었다고 의사들이 반은 포기하고 갔던 거지.

나중에 들은 얘긴데 그땐 내 나이가 젊었으니까 의사들이 약이라도 써보자 싶었나봐.

10개월 동안 항암치료를 받다가 재발해서 항암치료를 또 하고.

그렇게 치료를 끝내고 요양할 곳이 필요해서 시골로 내려갔어. 그때 그 동생과 헤어졌어. 내가 입원해 있던 기간에 내가 하던 사업도 정리해주고 하루도 빠짐없이 면회 와서 내 몸을 주물러주고. 그 친구로서는 할 수 있는 일을 다 했어.

그러다 어머니가 거동이 불편해지셔서 어머님과 같이 시골로 내려간 거야. 나도 요양이 필요하고 어머님도 내가 모셔야겠다 생각해서.

시골에 내려갔을 땐 비포장도로를 혼자서 몇 걸음 걷지도 못했어.

다리에 힘이 들어가지 않으니까 돌부리에 걸려 넘어지기도 하고. 그러다 점차 몸이 괜찮아지니까 텃밭도 가꾸면서 지내게 되었지.

그 당시 시골생활을 인터넷에 사진이나 글로 남겼는데 사람들이 좋아해줬어.

다들 도시생활에 지친 사람들이라 내가 시골에서 생활하는 모습에서 위안을 얻지 않았을까 하는 생각이 들어. 나 역시 사람들의 반응에 많은 위로와 기운을 얻었지. 사람들로부터 사랑받는 느낌이랄까. 내가 살아가는 것을 사랑하게 되는 느낌이라고 말해야 할까.

몸이 점차 괜찮아지니까 궁금해지는 거야. 내 몸이 얼마나 좋아진 걸까.

처음엔 얼마나 건강해졌는지 확인하려고 걷기를 시작했지. 그러면서 동해안을 걷고 싶어 강원도에 가서 걷기도 했고 한강 길이 걷고 싶어서 물길을 따라 걷기도 했고.

지금은 걷는다는 게 좋아서 걸어. 걷다보면 즐거운 시점이 생기거든.

날을 잡아 이른 아침부터 저녁까지 종일 걸을 때가 있어. 아침부터 걷기 시작하면 오후에는 숨이 차오르면서 몸의 힘이 빠져나가. 몸의 힘이 빠져나가면 아무것도 생각할 수가 없어. 그저 목적지까지 아무 생각 없이 걸어야 하는 거야.

내 머릿속에서 생각이 없어질 때의 그 시점, 그 순간의 느낌이 너무 좋았던 거야. 사람들은 걱정이란 둘레에 파묻혀 살아가게 되잖아. 자기에게 주어진 현재의 시간 외에도 불확실하고 알 수 없는 내일의 시간에 대한 걱정을 하면서.

사람들의 삶은 마치 걱정하는 시간으로 이루어진 감정의 덩어리 같아.

걷다보면 생각만 비워지는 게 아니라 앞을 알 수 없는 미래에 대한 불안감 같은 것이 사라지고 텅 비어버리는 게 내겐 회복의 시간처럼 다가오는 거야.

그래서 걷는 게 더 좋아졌고 매일 걷는 것을 멈출 수가 없어졌어.

내가 그만큼 생각이, 걱정이 많은 사람이라는 의미겠지.

그리고 내가 걸으면서 기록한 길의 풍경이나 느낌을 인터넷으로 공유할 때 사람들이 좋아해주니까 그것도 내가 걷는 것을 좋아하는 하나의 계기가 되었어.

요즘 난 내가 가슴속에 삼켰던 불꽃을 다시 토해내고 있어.

난 젊을 때 연극을 했었어. 연극은 내가 자라오며 배웠던 세계와는 다른 세계였어.

난 내가 열심히 한 만큼 무대에서 빛날 수 있었고 자는 시간도 아껴가며 매일 연습하고 노력했던 그 시절만큼 내가 진심으로 최선을 다해 살아왔던 때는 없었어. 그때야

말로 내가 살아 있다는 것을 생생하게 느끼며 살았던 시간이지.

하지만 난 가난했고 또 연극으로는 가난한 생활에서 벗어날 수가 없으니까 그 시간과 꿈들을 삼키며 살아왔었어. 그런데 내가 감염되고 치료의 시간을 거쳐 회복되니까 그 시절의 길로 돌아가게 된 거야.

배역 같은 건 중요하지 않아. 내가 나이 들었다고 멋있고 편한 그런 연기를 하고 싶지도 않아.

열심히 할 수 있는 배역, 내가 무대에서 몸을 쓰며 뛰어다니고 땀 흘리며 혼신의 힘을 다해 소리칠 수 있는 그런 연기.

무대로 다시 돌아간 첫날 한 시간 10분 정도의 연기를 끝내고 사람들이 없는 곳에서 난 울고 있었어. 너무 기쁘고 행복해서 울음을 멈출 수가 없었어.

앞으로도 난 불편하겠지. 살아가면서 사람들에게 내 감염 사실이 노출될지 모른다는 두려움에 나는 사실 이런 사람이라고 드러낼 수 없는 불편함을 평생 안고 살아가겠지.

그런데 그 불편함 속에서도 난 이제 열정을 다 바쳐 남은 생을 보내며 살아가게 될 거란 걸 알아. 내가 나 자신을 가리고 숨기며 살아간다고 해도 꺼지지 않는 정열을 간직하고 있기 때문이야.

감염이, 감염 이후의 시간이 그걸 다시 찾아준 거야, 내 인생에서.

·「바다의 입」 일부는 2018년 서울 마포구에 위치한 온수공간에서 열린 전시 〈틱-톡〉(이정식·장서영·정희승·차재민·홍기원 작가 참여)을 기획한 큐레이터와의 대화를 각색한 것이다. 큐레이터의 동의하에 〈틱-톡〉 전시 서문 일부를 재구성했다.

·「계단을 올라가면」의 일부는 이정식이 『문학들』 2014년 겨울호에 발표했던 「4는 0이다」를 재구성(일부 수정)한 것이다.

·「검은 얼굴」의 일부는 '에이즈환자 건강권 보장과 국립 요양병원마련 대책위' 권미란 활동가와 이정식의 대화를 참조했다.

시선으로 사람을 죽일 수 있다면
ⓒ 이정식

초판인쇄 2021년 7월 1일
초판발행 2021년 7월 9일

지은이 이정식
펴낸이 강성민
편집장 이은혜
마케팅 정민호 김도윤
홍보 김희숙 김상만 함유지 김현지 이소정 이미희 박지원

펴낸곳 (주)글항아리 | 출판등록 2009년 1월 19일 제406-2009-000002호

주소 10881 경기도 파주시 회동길 210
전자우편 bookpot@hanmail.net
전화번호 031-955-2696(마케팅) 031-955-1936(편집부)
팩스 031-955-2557

ISBN 978-89-6735-919-5 03810

잘못된 책은 구입하신 서점에서 교환해드립니다.
기타 교환 문의 031-955-2661, 3580

www.geulhangari.com